前夜

ツチヤタカユキ

小学館

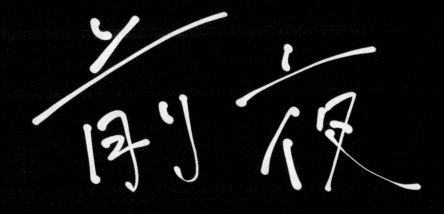

前　夜

ツチヤタカユキ

腹がぐるぐると鳴る。食べ物が頭に浮かぶ。
自分が空腹であることに気づく。
朝から何も食ってない。
適当な牛丼屋に入り、10分足らずでかき込んだ。

10年前の暮らしに戻ったようだった。
一周回ってここにいる。
でも、一周回ったからやれる笑いを作る。

「見学しにきました」
名前を記載する見学ノートを広げる。
僕ほどここに来ている奴《やつ》はいない。
うざいと思われてないだろうか?
もうどう思われたって構わない。なりふり構っていられない。血走った目。
今は第3波。コロナ禍の緊急事態宣言下。
客席は、制限されガラガラだった。

そんな空席だらけの客席に、もうこの世にもいない芸人さんたちが、座ってるような気がした。

1週間続く公演を、初日から見ていくと、台本のボケの内容が修正されていくのが分かった。ネタフリがカットされたり、フレーズが変わっていたり、同じ舞台なんか二度とないのだと思い知る。

客席後方から舞台までの距離は、数十メートルだが、その距離がとてつもなく、遠く感じられた。

その真ん中に巨大で透明な壁がそびえ立っている。

あの透明な壁を壊す。

何千発も、壁を殴りまくるみたいにネタを書くしかない。

なんばグランド花月を後にする。

車のエンジン音。放たれる排気ガス。

チャリをこいで景色を後ろに吹っ飛ばす。

巨大な建物を背に、チャリをこぐ。

結果を出していない間は、真っ暗な闇の中、一人でいる。
15歳の自分だけが、その後ろをついてきてくれる。
静まり返った難波の街が、静かに息づいている、その鼓動を感じながら。

vol.1

『0.01mm Baby killing』

「では、患部の方を、見せてもらってもいいですか?」

看護師が、診察室の横にあるカーテンを開くと、そこから診察台が見えた。

中からは、消毒液の匂いが漂ってくる。

医者がゴム手袋をはめている間に、看護師にうながされるまま、ズボンとボクサーパンツを一気に下ろして、診察台に寝転ぶ。

露《あら》わになる性器。

今では、それを恥ずかしいとも思わなくなっている自分に気付く。

そこに顔を近づける医者は、鋭い鼻の上に、黒いメタルフレームの眼鏡を載せている。

「……なるほど」

医者はゴム手袋をはめた手で、僕の金玉を持ち上げて、顔色一つ変えずに病名を口にする。

「……これは、いんきんですね」

その後ろの中年女性の看護師は、無表情でこちらを見ている。

丸顔で化粧っ気がない顔立ち。

ペニスはダンゴムシのように丸まっている。

半年くらい前から、股の部分が赤くなり、痒《かゆ》くてたまらなくなった。それを放置し続けると、日に日にその領域は、広がっていった。

僕は、このままだと体中がその赤色に、飲み込まれてしまうんじゃないかと思った。

「もう大丈夫ですよ。穿《は》けたら、またこっちに来て下さい」

パンツとズボンを穿き、診察室に戻る。

医者は、カルテをパソコンで打ち込みながら、

「塗り薬を二つ出しておくので、毎日塗って、治らなかったら、また見せに来て下さい」と言って、僕を外に送り出した。

診察室を出ると、たくさんの女が待合室で、順番を待っている。

女達は一瞬だけ、こっちを見やり、またすぐに手の平の iPhone に視線を落とした。

性器を見られる事よりも、女だらけの待合室で、待っている時間の方が、遥《はる》かに恥ずかしいと思った。


信太山《しのだやま》駅から、10分弱歩けば、信太山新地という遊郭に入る。

築50年以上はあるだろう木造の旅館が、一帯に立ち並ぶ。

街並みは、何百年も前に、固定されたまま残っている感じがした。

どの店も入口のあたりには、風呂屋の番台のように、客引きのババアが座っている。

「兄ちゃん! 可愛《かわい》い子おるよ?」

「兄ちゃん、ちょっと聞いて!」

「今めっちゃちゃええ子おんで?」

ひっきりなしに、声をかけられ続けながら、一軒の店の暖簾《のれん》をくぐる。

僕を見て、客引きのババアの顔は華やいだ。

「うわぁ、兄ちゃん!? 久しぶりやないの~!」

ババアの声は、少しかすれている。

それは昔、水商売をやっていた人特有の声だ。

「15分でええ?」

「はい」

僕は、現金7500円をババアに手渡して、靴を脱ぐ。

「タトゥー入ってる子でも大丈夫?」

「ええ、大丈夫です」

旅館の奥へと案内される。

足の裏が触れるたび、木造の床が、ぎぃぎぃと軋《きし》んだ。

通された部屋の中にも、古びた木材の匂いが、微《かす》かに残っている。

「ほな5分くらいしたら、女の子が来るから、シャワー浴びて待っといて」

来る女の子は、ランダムで決まる。

好みのタイプを伝える事も出来るが、僕には、女の子の好みなど無かった。

壁のハンガーに着てきたシャツを掛けて、タイル張りの浴室に入り、体を洗い、常備されているマウスウォッシュで口をゆすぐ。

体中に付着した泡を流し終えると、バスタオルを腰に巻き、ベッドの上に寝転んだ。

枕元には灰皿があり、底の方には、灰がこべりついている。

仰向《あおむ》けになると、古びた木造建築の、天井の木目と目が合った。

しばらくすると、控えめなノックの音がして、ドアが開く。

ベッドとシャワールームしかない、殺風景な部屋の中に、女が入って来ただけで、部屋全体が華やいだ。

女は、まじまじと僕の顔を見て、白い歯を見せて笑う。

「優しそうな人で良かったわ」

まつ毛が長く、まばたきするたびに、目の前に漂う空気を震わせる。

濃いめの化粧で、マブタには、ラメがキラキラと光るタイプのアイラインが引かれている。

その子の周囲には、ずっと眠たそうな気怠《けだる》い雰囲気が漂っていた。

背中が広く開いたドレス。うなじを覆う長さの茶色い髪が、両肩にかかっている。

女が後ろ手で、ドレスの後ろのファスナーを下ろすと、上下黒色レース素材の下着が露わになる。

それらを脱ぎながら、女は僕に質問を投げかけた。

「今日は、一人で来たん?」

「せやで」

「へー」

ブラと、ねじれたパンティーが床に投げ出される。

裸になった女は手足が長く、華奢《きやしや》なボディーは小麦色に日焼けしていた。

女は、僕の腰に巻いていたバスタオルを引き剝がした。

弱い噴水のような射精が終わり、体を離すと、女は湿ったコンドームを僕から抜き取り、先端をぎゅっと縛って、ティッシュとともにゴミ箱に捨てた。

コンドームの中の精液は、カルピスの原液のような色をしていた。

終わるとすぐに、ペニスはだらんと垂れ下がり、そこから出遅れた透明の精液が、糸を引きながら、床に垂れる。

余韻に浸る間もなく、部屋の中では、ウルトラマンの胸元のカラータイマーが、点滅している時のような警告音が鳴る。

その音は、プレイ時間終了を告げている。

軽くシャワーを浴びた女は、そそくさと服を着て部屋を出ていった。

一人になった後、さっき脱いだシャツを着ると、汗が染み込んだ酸味の強い匂いと、外の匂いが混ざり合った香りがした。

旅館の玄関まで戻ると、来る時に脱ぎ散らかした靴が揃《そろ》えられていた。

「兄ちゃん、どやった?」

客引きのババアが、感想を尋ねて来るのはいつもの事だ。

「よかったですわ」

街灯が無い、この街の夜は暗い。

27歳で童貞を捨てた事を、恥ずかしいと思った事から全ては始まった。

人並みにでも、経験人数を稼ぎたいと思っていたら、3年も経《た》たぬうちに、200人を超えた。

「普通の人は、200人もやらんわ」

周囲にそう言われた時に、我に返った。

僕は人並みにすらなれなかった。


Ｗｉ－Ｆｉが全く飛んでいないような田舎町を、駅に向かって歩く。

駅前のスーパー玉出《たまで》で、ストロングゼロのロングを６缶買う。

それを飲みながら、駅のホームにしゃがみ込む。

私鉄沿線の線路は、錆《さ》びついて茶色になっている。

目と鼻の先を、回送電車が通過する。

悲鳴のような音を立てながら、やって来た電車。

その轟音《ごうおん》が、鼓膜を震わせる。

終電に乗り込むと、中はもぬけの殻だった。

大きな窓のすぐ隣にある椅子に腰掛ける。

何度も見て来た、沿線からの景色を横目に見ながら、アルコール度数９％を空《す》きっ腹に流し込む。

車窓に映じる暗闇は、次第に都会の明るさに取って代わられる。

それを見ながら、人生にリモコンが付いていたら、チャプターごと飛ばしたくなるような日々の事を思い出す。

「死ぬ気でやったのに、ここでもダメだったのか」

僕は、下唇を血が出るほど噛《か》み締めて、頭を掻《か》きむしった。

口から出た血は、涙と同じ味がした。

「助けて下さい。オレには書く事しか、残されて無いんです」

いくつもの神社に、手を合わせたが、二作目の小説は全く売れず、終わっていった。

その頃の祈りは、どこにも届く事なく、今も宙をさまよう。

だったらもう、堕《お》ちるところまで堕ちてやる。


命を削るようにして書いたはずの僕の文章は、今も頭の中を駆け巡る。

それは、過去の自分から、今の自分に届くダイレクトメッセージみたいだ。

iPhone から、アプリをアンインストールするみたいに、その機能を消してしまいたかった。


オーダーメイドされた絶望に包まれると、次第に、何も表現したいと思わなくなっていった。

何かを書きたいという気持ちも涸《か》れた。

そして、実際に何も書けなくなった。

何も書けなくなってからは、ただ死を待つだけの存在と化した。

僕が沈黙しても、命は黙らなかった。

今も防音設備が整った体内を、爆音で脈打ち続けている。

ただ生きる事を長引かせるだけなんて、生きる事への依存症だ。

貯金残高が0円になったら、この世界から居なくなろう。

飲み干したストロングゼロは、絶望の味がした。


セミがそうであるように、僕は、人間の抜け殻になっても、まだ人間の形を保っていた。

人生が、一本の映画だとしたら、エンドロールが流れているような暗闇の中を生きている。

それは、抜け殻が砕け散るまでの時間だ。

難波に到着して、36・5℃の体を引きずるようにして、駅から外へと這《は》い出した。

終電が終わり、ギリギリで滑り込んだ今日に、閉じられたシャッターは昨日のような顔をして、都会のビル群の中に、僕を放り出す。

夜中を過ぎても、まだ消えてない窓の明かり。

誰かが、あの中で仕事をしている。

触角をちぎられた昆虫のように、フラフラと彷徨《さまよ》う。やがて、頭の中で、ジェンガが崩れたみたいに、僕は地べたにぶっ倒れた。

そのまま、夜の網目に捕まった。

その時、一瞬だけ、自分の後頭部が見えた気がした。

Google マップの矢印が、空から降って来て、自分の体を突き刺されたみたいに、そこから僕は、動けなくなった。

コンビニからは、明かりが漏れている。

信太山新地のプレイ時間終了を告げる、あの警告音が、ずっと頭の中で残響し続けていた。

頭蓋骨の中で爆発するその残響は、旅館の部屋ではなく、「早くこの世から出て行け」と、僕に告げているように感じた。

僕は、この世界から飛び出そうとしている。


午前3時を過ぎていた。

そこへやって来た一台のパトカーが、夜の静寂を破った。

路上で眠っていた僕は、大人二人がかりで、体を抱え起こされた。天地がひっくり返ったのかと思う。

そのままパトカーに押し込まれた。

夜から朝へと変わる瞬間の世界は、ノーメイクで、もうすぐゴミの回収車が、動き始める。

昨晩出されたゴミ袋の中には、誰かが捨てた夢や希望が入っているのだろうか。

「通報があったんですよ。道路で人が寝てるって」

僕は、あのまま朝が来るまで、放っておいて欲しかった。

人間が精液という白色の液体から始まるように、終わる時も、液体になれたらいいのに。

氷が溶けて水になるように、あのアスファルトに染み込んで、消えてしまいたかった。

「どれくらい飲んだんですか？」

呆《あき》れたように、尋ねて来た警官に、返事を返す。

「ストロングゼロのロング缶を、６本くらいすかね？」

そう答えながら、ポケットの中の iPhone を取り出した。

画面が割れて、ヒビが入っている。

いつからか、その液晶画面みたいに、世界にもヒビが入りだした。

地べたに落とした iPhone のように、絶望はこの世界にヒビを入れる。

「身分証あります？」

僕は財布から取り出した、マイナンバーカードを手渡す。

警官はカーナビに、そこに記載されている住所を入力した。

行き先は、留置場でも警察署でもなく自宅。

「近くだから、家まで送って行きますけど、内緒にしといて下さい」

僕は、送り届けられながら、パトカーの後部座席で、さっき地べたで見た夢を、思い返していた。


放課後の誰も居ない教室で居残りさせられている。

もう学校なんか、辞めてやろう。校庭から抜け出すと禁じられていた校区外に飛び出していく。

人間の校区外があるとすれば、きっと、あの世なんだろうと、僕は思った。

自宅に到着してから鏡を見ると、アスファルトに擦り付けた頬が、焦げたようになっていた。

地面に衝突した、額は腫れ上がっていて、目の上が切れて血が固まっている。

女を抱いた充実感なんか、もうとっくに消えていた。

明日にちゃんと、キャリーオーバーされて持ち越されるのは、絶望と疲労感くらい。

明日の自分は、さっき僕が倒れていた場所を、自転車で通り過ぎていく。

夕暮れの中、ベランダで主婦が、洗濯物を取り込んでいる光景が目に浮かぶ。

vol.2 | 『Othello yellow』

強盗犯は三人組だった。

二人がかりで体を押さえられ、余った一人が財布の中の現金を全て抜いて、走り去っていった。

財布の中が空になり、警察署を探して、街をさまよった。

風が吹くたびに、心臓に直接、風が当たってるみたいだった。


人は絶望している時、どんなに美しい景色も眼中に入らない。

僕はパリの街の景色を、ほとんど覚えていない。

そのくらい視野が狭まって、履いていたボロボロのスニーカーと、塗装された歩道しか目に入らなかった。

警察署を見つけて、中に入る。

日本ではパトカーに家まで送ってもらった。最近は、警察の世話になってばかりだ。

パリの警察は、日本の警察とは、まるで違った。ただ制服を着てるだけのフリーターって感じがする。

口笛を吹きながら事務作業をする女性警官に、日本語で書かれた被害届を渡される。

それはパリの街で、日本人の被害が多発してる証《あかし》だ。

僕が書き終えた被害届は、若い警官の手に委《ゆだ》ねられた。

それを見たその警官は、ローラースケートを履いて、街に飛び出していった。

そんな映画『アメリカン・グラフィティ』に出てくるウェイトレスみたいなノリで、捜査する警官に、強盗が捕まえられる訳がないと思った。

現に金が、戻って来る事は無かった。


失ったものは、もう取り戻せない。

生きる事は、何かを失い続けることなのかも知れない。

人は生まれてから、色んな物を手に入れていくが、どっかの折り返し地点からは、それを次々と、取り上げられていく。


いつの日からか、手に入れるものよりも、失っていくものの比率の方が高くなっていた。

若さも、書く事も、熱量も、すべて取り上げられて、年だけは、ずっと与えられ続けた。


それから、しばらくは飲まず食わずで過ごしたが、所持していたクレジットカードが、海外でも使える事に気付いた。

パリの店は早く閉まるから、夜10時には何も買えなくなる。

かろうじて買えた、ペットボトルに入ったオレンジジュースを、3日ぶりに飲んだ。

体の中に閃光《せんこう》が走った。胃の底に衝突して、跳ねているのを感じる。

そこからは、何かが決壊したように、空腹が押し寄せてきた。

さっきまで、生きる事に対してのアレルギー反応が、出ていたんだろう。

その反応が出ている間、人は食欲を感じ取れない。


今日の宿泊先は、一泊3000円で、物価の高いパリでは、破格の安さだ。

部屋に入ると、人種はオセロのように、くっきりと白と黒に分かれていた。

その中に一人だけ、黄色の僕が交ざっている。


二段ベッドが4つ設置されただけの、8人部屋で過ごす、パリの夜。

僕が寝転んでいるベッドは、パイプの二段ベッドの下の段で、体がギリギリ収まるくらいの大きさだった。

足を伸ばすと、つま先が外側に、はみ出しそうになる。

上で寝てる奴が動くたびに、軋む音がする。

男女混合の部屋だった。

白人の女の髪は濡《ぬ》れたまま、乾かさずに放置されていた。

格好は、だらんとした部屋着に、ヨレヨレの短パン。

そこから、白い足が、下に向かって伸びている。

まるで深夜12時を過ぎた後のシンデレラ。

足元に転がるのは、ガラスの靴じゃなくて、ボロボロになったシューズだった。

「電気消してもいい？」

その女から、英語で投げかけられた質問に、部屋の中の面々が一人ずつ「ＯＫ」と答えていく。

最後に、女の目の中の青色が、こちらに向けられると、僕も、すぐさま「ＯＫ」と返事をした。

部屋の電気が消える。

真っ暗になると、まばたきしても、違いが分からなくなった。

外からは、酔った若者の騒ぐ声が聞こえる。

こんなにも、人が居る部屋なのに、なんだか一人ぼっちの感覚がする。

イビキと、荷物を入れたビニール袋をガサガサと漁《あさ》る音が、時おり、眠りを妨げて来る。

疲れ切った気だるい空気が、部屋の中で膨らんで、それがシャボン玉のように割れた時、僕は眠りについた。


朝8時、誰かが鳴らした、ケータイのアラームで目が覚める。

その音は暴力的に、鼓膜を叩《たた》く。

目を覚ましたというよりかは、眼球を無理矢理、こじ開けられたかのような朝の始まり。

一泊だけの付き合いだから、人の事なんかお構いなしで、誰かが慌ただしく準備をしている時の物音は弾《はじ》けるように、鼓膜に刺さってくる。

「スマホのゲームのように、毎朝、目が覚めるたびに、ログインボーナスが貰《もら》えたらいいのに」と僕は思った。

眠ってる間に、鉛で出来た心が破裂したみたいに、起きたばかりの自分の口からは、火薬の臭いがした。

そして僕は、日本を旅立った、あの頃の事を思い出す。

「1万部売れればヒット」と言われてる世界で、僕が叩き出した一作目の発行部数は、その約3倍。

でも、その道はそこで途切れてた。僕に残ったのは、印税だけだった。

修羅の中から弾き飛ばされた時に見つけた、ブックオフで100円で売られていた過去作。

小説家としての死。

その遺体を、コインパーキングに駐《と》めたままにしているような日々だった。

時間が経つごとに、料金ではなく、絶望が加算されていく。


僕はずっと、生きている感じがしなかった。生きているって感じてたかった。

どうすれば、また感じられるんだろう？

ただ毒が回っていくのを、待ってるだけみたいだった。

ここに居たら、一生、不感症のまま死んでいく。

終わらせないと、始まらない事だってある。

だから、今、ここにある今日を終わらせる。また新しく始めるために。

時計を見ると、秒針と分針が追いかけっこをしてる。

放っておいても、年を取っていく。

早くしないと、ここから逃げないと、そんな焦燥感に駆られながら、バッグに荷物を、詰め込んだ。


窓の外に浮かぶのは、絶望と虚脱感が、混ざったような夜。

その夜に捕まるな。絶対に捕まえられないくらいずっと遠くへ。


夜明けを待たずして、マンションのドアを開ける。

キャリーバッグを転がす。手に、地面の振動が伝わってくる。

久々に鼓動が速くなる。生きてるって感じがする。


今日という日に食われる前に、僕は駆け足で、明日に飛び込んだ。

韓国、インド、タイ、中国、マレーシア、ドイツ、フランス……。

また次の国に行くための出発の準備を始める。

今夜にはまた、別の人間が、この場所で暗礁の中でうずくまるように、眠りにつく。


海外で食べる料理の味が薄いと感じてからは、塩を買ってカバンの中に入れていた。

空港の荷物検査の時に、その容器のフタがカバンの中で勝手に開いてしまい、中が大量の塩まみれになってしまった事がある。

検査官に一瞬だけ、「こいつ、どんだけダイレクトに麻薬運んでんねん」って顔をされたが、フタが開いた塩の容器を見せると、すぐに事情を分かってもらえた。


ベトナムの奥地は、道路が整備されていないから、走るとタイヤがバウンドする。

バスを降りると、異様な雰囲気の村だった。

その村からは、プールの消毒液の匂いがする。

人通りも、まばらな通り沿いに、廃屋が立ち並ぶ。


砂利の上を歩く。

小石が靴に当たって、前へと転がる。そんな風にして、一歩ずつ進む。

錆びついてぶっ壊れたギターが捨てられているのが見える。

そうなってもなお、そのギターは雨に打たれながら、たくさんの新たな音色を刻む。

目の前に現れた建物には、びっしりと蔦《つた》が絡まりついていて、中には、じめじめと湿っぽい空気が立ち込めていた。

恐る恐る中に入ると、ベトナム人の老夫婦が現れ、「一泊1500円だ」と英語で言った。

案内された部屋には、石みたいに固いベッドだけが置いてある。

タバコのヤニが染みついた壁。

室内からは、押し入れの中のような匂いがする。


腹が減っていたから、近所の屋台でよく分からない料理を、50円で買った。

白ご飯の上に、適当に肉やら野菜やらが乱雑に載っていて、誰かの食べ残しのような見た目だったけど、味は美味《おい》しかった。

栄養不足で、口内炎が5つも出来て、口の中に何かを入れるたびに、痺《しび》れを感じる。

それは言うなれば、電気を食べてるような触感だった。

「女を呼ぶか？」

食べ終えて、部屋でくつろいでいると、さっきの老夫婦のおっさんが、声をかけて来た。

きっとここに来る日本人のほとんどが、女を買いに来ているんだろう。

慣れた様子で、交渉をしてくる。女の値段は、日本円にして2500円だと告げられた。

何度、断っても強く薦められ、最後は根負けして、女を連れて来るように頼んだ。

真っ暗な街灯一つない通り。

宿のおっさんは、どこからか、女を原付の後ろに乗せて戻ってくる。

部屋に、金髪の女が入ってきた。見た所、年齢は20代前半。

神様が喜怒哀楽を与えそこなった、無表情な顔でこっちを見ている。

スマホで、トランス系の音楽を爆音でかけながら、服を脱ぎ始めた。

女がブラのホックを後ろ手で外すのを見るたびに、その器用さに驚く。

陰毛はキレイに剃《そ》られており、股の上には空白が広がる。

女は僕のペニスを見て、「デカすぎる」って表情を浮かべた。

「ほら見て、私の腕と同じくらいのサイズよ」

英語でそう言って、僕のペニスの上に腕を重ね合わせた。

サイズが大きすぎるせいで、女に入らない事は、たまにあった。

そのたびに心臓がざらついた。

心臓の表面のざらつきはきっと、サイの皮膚のような感触をしている。

僕のペニスはしなびて、もう勃《た》つ気配もない。

女は、それを無理矢理手で掴《つか》んで、手を上下させる。

彼女からは、体温があまり感じられなくて、まるでプラスチックで出来てる人間が、手コキしてるみたいだった。

衛生面が終わってるベッドの上で、何を喋《しゃべ》ってるのかも分からない女との行為が終わる。


女はタバコに火を点《つ》けて、煙を浮かべた。

空気が生き物になって、その姿を、肉眼で捉えられそうな気がした。

夜になっても、シャットダウンしそこねたパソコンのように、目を開けたまま天井を見ていた。

ここは今日だけの居場所。それもすぐに無くなる。

明日には別の誰かの居場所に変わる。だから前に進むしかない。ここのところ、ずっとそんな風に生きている。


絶望の足音が聞こえる。早く逃げないと捕まってしまう。

朝を待たずに部屋を後にする。


夜が明けはじめると、頭上には、全てを諦めたような空。

まるでガスコンロを点火した時に灯《とも》る、炎のような青。

人生にも、赤ペン先生が居たら、全部に訂正の赤を入れられるような日々。

目の前に広がるその青空が、赤色に塗り潰《つぶ》されていく。


ロサンゼルスの空港から、ダウンタウン・サンタモニカに向かう電車はガタガタと、音を立てながら走り出す。

その中では、大音量で音楽をかけて、それに乗ってダンスを踊る人や、大声で歌い始める人が居た。

呆気《あっけ》にとられるなか、今度は黒人の中年女性が、突然立ち上がり、スピーチを始める。

その黒人女性は冷蔵庫のような体型をしていた。

何を言ってるのかは聞き取れなかったけど、怒り狂いながら早口でまくし立てるその姿はまるで、心の中身を見せられている感じがした。

それは心の露出狂のようだった。

そのスピーチを聞きながら、床に目を落とすと、誰かがこぼしたジュースが乾いて、ベタベタになっていた。

そのすぐそばでは、上半身裸の白人の男が、床に座り、吸引器で、マリファナを吸っていた。

深呼吸でもするかのように、黄色い煙を自分の内側に入れて、ケタケタと笑う。

ロサンゼルスでは、マリファナは合法だと聞いてはいたけど、ここまで堂々とやっているなんて、思いもしなかった。

僕にはその光景のすべてが、生きやすいように、自分自身を調節しているように見えた。

イエローの煙が車両内に、広がっていく。

膝が壊れそうなくらい歩いた一日。

到着したダウンタウン・サンタモニカは、海沿いにある。

寄せては返す波の音が聞こえて、そんな街全体を潮の匂いが包んでいる。

不思議と、初めて来た街なのに、以前に来た事があるような既視感を覚えた。


電車を降りると、黒人ラッパーに囲まれた。

B-BOY系のファッションを、ダボダボに着こなしている。首から下げた金色のブリンブリンがこれみよがしに揺れている。

僕を中心にしたサイファーが始まる。

「俺たちはコンプトンから来たラッパーだ。50ドル払うまで、お前をディスり続ける」

僕は意地でも、50ドルを支払わなかったから、10分間、英語でディスられ続けた。

ディスの内容は、

「寿司《すし》とかほざいて、生魚を食う、お前らの食文化は生理的に無理」やら、

「どうせお前も、空手を習ってんだろ？　それで、いくら強くなったとしても、ピストルでバーン！　一撃でお陀仏《だぶつ》」

のような、日本文化への批判から始まり、

そこから、どんどん「もう一回、原爆落としてやろっか?」のような過激な内容になっていき、最後の方になってくると言う事が無くなって来たのか、「お前は、とりあえず事故って死ね!」のような薄い内容にしぼんでいった。

そして、言う事が尽きると、ラッパーたちは街中に消えてった。


閉店になったファッション街のショーウインドーには、高そうな服が並んでいる。

宿泊先のユースホステルのエントランスに到着すると、同じ黄色人種を見かけた。

僕は旅に出てから、アジア人を滅多《めった》に見かけることがなかった。

何故《なぜ》だか、旅先で同じ人種に会うと安心してしまう。

向こうも、そう思ってくれているみたいだった。

彼は日本語で、僕に話しかけて来た。

「韓国から来たんだ」と彼は言った。

この旅を始めたばかりの頃、僕は韓国でホームレスのように、空港や野外で野宿したりしていた。

公園のベンチで眠ったら、地べたに落っこちて目が覚めたこともあった。

韓国人の彼は、タンクトップに、ジーンズという、シンプルなファッションをしていて、サーファーがよくする髪型のように、茶髪に染めて、毛先を自然に跳ねさせていた。

「旅に出る前は、軍人だったんだ」と彼は言った。

僕らは、エレベーターを待ってるあいだ、これまでどんな旅をして来たかを互いに話した。

「インドは最悪やったわ。空港でタクシーに乗って、『ニューデリーに向かって』って言うたんやけどな、変な山奥に連れてかれて、『ここはヤバい地域や。暴漢とかが山ほどおる。ここで降ろされたくなかったら、10万払え』って言われてんけどな、払わんとダッシュで逃げてん。ほんで、道行く車を止めて、９００円払って、何とか空港まで戻れてん」

「それは危ないところだったね」と、彼は相槌《あいづち》を打った。

「『インドでは野犬に注意。狂犬病持ってるから』って、事前に調べて知っててんけどな、公園で見かける鳩《はと》くらい、うじゃうじゃおったわ」

僕の話を聞いて、彼は笑った。

二人で、やって来たエレベーターに乗り込む。

僕は、半年ぶりに誰かと日本語で話をした。

ユースホステルのエントランスは、カフェになっていて、コーヒーテーブルには、吸い殻が溜《た》まった灰皿と、半分飲みかけの冷めたコーヒーが放置されている。

そこに突然ホームレスが入って来て、「コーヒー飲みてえから、誰か金をよこせー！」と叫んだ。

誰も金を施さないことが分かると、仕方なくそのホームレスは、コーヒーテーブルの上にある飲み残しのコーヒーを、全部腹に収めて、エントランスから出て行った。


「道に迷ってるのか？」

テッドに会ったのは、クリーム色の巨大な地図看板の前だった。

「どこに行きたい？」

テッドは、痩せ型の黒人で、背が低くて、カップヌードルの容器みたいに小さな顔をしている。

「この街にある、コメディークラブに行きたいんだ」

近所にコメディークラブがある事を知った僕は、日本に帰る前に、アメリカの笑いを見て帰ろうと思った。

街の地図によると、この3rdストリートにコメディークラブがある。

このストリートはどこか、ペンキのような匂いがした。

「ああ、コメディークラブか」

こっちこっち。

テッドは、そう手で合図すると、人ごみの隙間をスルスルとすり抜けていく。

僕は、テッドを追いかける。

地面のアスファルトと靴がぶつかるリズミカルな音。

髪型はくせ毛の僕以上にうねっていて、その下を丁寧に、刈り上げてる。

しばらくすると、テッドは、こっちを振り返って言った。

「俺はテッド。このストリートの案内人のアルバイトをしてるんだ」

よく見ると、ボーイスカウトが着てそうな茶色い制服に、紺色のスニーカーを履いている。

「コメディークラブに行きたがるなんて、君はコメディアンなのかい？」

テッドは、目を細めてこっちを見て言った。

「違うよ。ただの観光客さ。アメリカのコメディーを一度見てみたいんだ」

日本の建物と違って、どの建物も威圧感がある。

3rdストリートには、たくさんのアーケードが立ち並んでいた。ずっと漂っているのは、日本のお祭りのような雰囲気だ。

レストランに、バーに、雑貨屋を通り過ぎる。店の前を横切るたびに、その特有の匂いが、街全体に漂ったペンキの匂いに混ざり合う。


「俺はコメディアンなんだ」

200メートルほど、街の雑踏をすり抜けた時、テッドがこっちを振り返って言った。

「いいか？　一ついい事を教えてやろう。この街のコメディークラブのチケット代は、10ドルなんだ。だけど、オープンマイクにエントリーすれば、1ドルで、全部が見られる」

テッドは、ずっと口元を歪《ゆが》めて笑ってる。その表情は、ミッキーマウスを彷彿《ほうふつ》とさせた。

「オープンマイクって？」

「新人コメディアンのオーディションみたいなもんさ。1ドルでそこに出れるんだ」

その間も、テッドは、街の地図が完全に頭に入ってる人の動きで、僕の前を歩く。

テッドならきっと、目を閉じたままでも、コメディークラブに辿《たど》り着けるのかもしれない。

「でもネタが無いから、僕には無理だよ」

「大丈夫さ。一人の持ち時間は、3分だけど、別にそれより早く、ステージを降りたっていい。だから、何か一つジョークを言ってステージを降りちまえばいいんだ。そうすりゃあ、1ドルで全部が見られるぜ？」


街のスピーカーからは、ずっとミュージックが聴こえていて、その時にかかってたナンバーは、オアシスの『ワンダーウォール』って曲だった。

グザヴィエ・ドランの『Mommy』って映画で、主人公のADHDの男の子が、狭い画面で進行していた映画の画面を、両手で押し広げるシーンでかかってた曲だ。

僕の世界は今もずっと、狭い画面のまま進行している。

「分かった。エントリーしてみる。そっちの方がお金が浮くしね」

世界を動かしているのは、いつだって純粋な初期衝動。

「その調子！」

テッドは、さっきから、そんな風にずっと、おどけている。

このストリート丸ごとが、テッドにとってはコメディーのステージなのだろう。

マクドナルドのドナルドが、ピエロのメイクを落としたら、きっとテッドのような、最高にゴキゲンな黒人のコメディアンの顔が出てきそうな気がした。

「さあ、到着だ」

3rdストリートの路地裏。

そこに出現した、コメディークラブは、闇組織のアジトみたいに、人目につかない場所にあった。

「ありがとう。一人じゃ絶対に、辿り着けなかったよ」

コメディークラブの壁には、爆弾が爆発する瞬間のペイントがされている。

イチゴが爆発したみたいな赤。

ロボコンのボディーのような光沢。

その上に、今日やるイベントのポスターが貼ってある。

「じゃあ、リラックスして、ショーを楽しめよ」

「うん。これ、お礼のチップ」

僕は、ポケットから1ドル札を出して、テッドに差し出した。

「それは、もらえねえよ」

代わりにテッドは、握手を求めて来た。

その手を握る。手が汗で湿っている。

「いいか？　ロックンロールして来いよ」


そのコメディークラブの前には、40人ほどの人だかりができていた。

「オープンマイクに出たいんだ」

僕がそう言うと、ガラスケースの向こうに居る受付の白人の女の子が答える。

「1ドルよ」

僕は、テッドが受け取らなかった1ドル札を渡す。

その女の子の手首には、トランプのジョーカーのタトゥーが入っていた。

「この紙に名前を書いて」

僕が紙切れに名前を書くと、女の子はそれを箱の中に入れた。

路地裏で、ネタ帳を開いて、練習しているコメディアンが何人も居る。

かつて劇場で見た景色を思い出す。

コメディークラブ内は、巨大な生き物の胃袋の中のように奥へと広がっていた。

一本のスポットライトだけがステージ上を照らし出す。

その半円形のステージの前には、イスが並べられていた。真っ暗な客席。反対側には、バーがあり、そこに溜まる客たちは、ビールを飲みながら視線をステージに向けている。


僕は客席に座る。

ネタ帳を片手に持ったコメディアンたちが、周りの席を埋めていく。

全員、体から発している空気がざらついていた。

これから始まるオープンマイク。

名前をコールされたら、ステージに上がる。

センターマイクの前。持ち時間は3分だ。

ステージ上にMCが居て、箱の中に手を入れる。

名前を書いた紙を出して、コールする。次に登場するコメディアンを呼び込むのだ。

出囃子《でばやし》が鳴ると、ステージにコメディアンが上がる。スタンダップコメディーが始まった。

黒人のコメディアンが、観客に問いかける。「何でバンドエイドに、黒色は無いんだ? 俺たちはケガしたらいけねえってのか?」

客席で笑いが起こる。

タキシードを着たMCは、出て来た瞬間から、自由自在にフロアー全体を支配していく。


ここに来る少し前に、僕は海岸を歩きながら、この半年の旅の事を思い返していた。

アメリカに来る前に立ち寄った、ロンドンでの夜は、巨大な冷蔵庫の中に居るみたいだった。

静脈の中を行き来する血液が、アイスのように固まっていく。


雪が降りしきる、なにもない田舎町で、僕は凍えていた。

国が変わればルールも変わる。切符の買い方さえ分からなくなる。

ロンドンの列車は、ややこしくて、乗り間違えを繰り返し、終電を逃した。

畑しかない、田舎町に取り残された。

レンガ造りの建物は、全て閉まっていて、コンビニどころか自販機一つない。

電気が一つ残らず消えた、巨大な建物だけが、僕を見下ろしていた。

降ってくる雪が、地面のアスファルトにぶつかる。

一粒一粒が飛び降り自殺しているようにみえる。

ガタガタと震えながら、始発を待った。

背中に汗をかく。それが一瞬で、冷や水に変わる。

無力だった。

日本に居る時よりも、海外に出ると、さらに無力な存在と化した。

明日、氷漬けになって発見される自分の姿が、脳裏に浮かんだ。

すると、警備員の老人が、僕の元へ来て、「こっちへ来い」と言った。

案内されたのは、倉庫を無理矢理、休憩所に改築したような小屋だった。

作動してる電子レンジの中に入れたような、暖かさが体を包んだ。

ソファーと、ストーブと、ボロいＴＶと、冷蔵庫だけがある警備員の休憩室。


両肩に降り積もる雪を払いながら、老人警備員は言った。

「凍りそうだったな。そこで休んでな」

涙を、必死でせき止めていたら、目の中に微かな酸味が広がった。

涙は人間がシステムエラーを起こした時に、流れるものなのかもしれない。

僕は目を閉じる。

極限の緊張状態から、解放されて眠る。

朝が来て目覚めたら、暖かくて、体内に幸福感が充満していた。


「よお、朝だぜ。いい眠りっぷりだったな！」

朝日が差し込む、外を指さして言った。

「ほら、電車が来たぜ！　行って来いよ」

窓の外には、列車が見えた。

「ありがとう。行ってくる」

そう言って僕は、急ぎ足で、外の世界に飛び出した。

もしかすると、この旅のゴールは、あの休憩室だったのかもしれない。

僕はあの時に自分が、再起動された感じがしたのだ。


生きてくってのは、自分を壊していく事だ。

それを違うという人は、たまたま運よく壊れずに生きて来られただけだ。

僕は自分を壊しながらじゃないと、前に進めない。

それにしても、随分と遠くまで、逃げて来たもんだな。

もうそろそろ、絶望に捕まってもいいと思った。

逃げるのはやめて、立ち止まる。

壮大な鬼ごっこの終わり。

向こうから走って来て、僕にタッチする。

「ほら捕まえた」

サンタモニカの海岸沿いで、僕は捕まった。


スタンダップコメディーを見ながら、そんな事を考えていると、突然、MCが僕の名前をコールした。

海外だと、明らかに異質な日本の名前。この空間に日本人は僕しか居ない。

MCは、僕を見つけると、「君の番だ」と告げた。

「何か喋ってくれよ。なんでもいいから」

MCがそう言うと、コメディークラブ内で拍手が起こる。

諦めた僕はステージ上に向かって、重い足を前に出し、気付くと、マイクの前に立っていた。

それは、あのロンドンでの朝のように、初めて世界に飛び出した感覚に似ていた。

さっきまで、透明だった体に色がつく。

強い照明が当たるせいか、観客席は黒い影になり、表情は見えない。

それでも、向けられた視線はヒリヒリと皮膚に刺さる。

心臓をドラムスティックで叩かれているような、激しい鼓動。

カタコトの英語で、僕はゆっくりと話し始める。


「オレはアメリカが大好きだった。この国に来るまではね」

小さな笑い声が起こる。指先から振動が伝わってくる。

瞬時に頭が回る。

すると、あの日の事が頭に浮かぶ。

それは、アメリカに初めて来た日の出来事だ。

入国審査官は、僕のパスポートを見て、表情を曇らせた。わずか半年で、10ヵ国も旅している。

怪しいと思われたんだろう。

眉間にしわを寄せた審査官が、視線で合図を送ると、『ＣＢＰ』と書かれた制服の警官がやって来た。

「こっちだ」

ケータイを没収され、何もない部屋に、さまざまな人種の人達と閉じ込められた。

解放されたのは、４時間後だった。

身元を調べ終わると、ケータイとパスポートを返されて、「とっとと出ていけ」と言われて部屋を追い出された。

その時の話を、カタコトの英語で話した。


移民局から解放された時には、深夜12時を過ぎていた。

終電はもう終わっていて、真っ暗な世界を歩いていた。

その時に、心の中で思った事を、最後にマイクを通して口にした。

「これのどこが自由の国なんだ？」


熱が衝突する音がした。

次の瞬間、骨が砕け散るくらい、大きな笑い声が、僕の鼓膜を震わせた。

vol.3 ｜ 『Uber Eatsの恋』

ATMは、コンビニの隅っこにある。マヌケな店内BGMがいつものように流れている。


残金81円。

金が無くなると、生きる資格を失ったみたいに感じた。

不安になるどころか内心、安堵《あんど》している。やっと終われる。次の仕事は白紙。

これでやっと、この世から退場できる条件が揃う。

そんな事を思いながら、ATMの前で、立ち尽くしていた。


コンビニを出ると、札幌《さっぽろ》の冷たい風が肌に刺さる。

外気に顔面を殴られた感じ。鼻腔《びこう》が痺れてる。


豊水《ほうすい》すすきの駅から、地下鉄の階段を上ると、札幌の繁華街に出る。

ラーメン屋が立ち並ぶエリアを通り過ぎ、シャッター通りと化した商店街を横切ると、住宅街に出る。

降り積もった雪が、人間の骨の色に見えた。

大量の人骨が積まれた街。

坂道を上がると川にぶつかる。

ユイの家は、その横にあった。


マンションの入口を抜けて、階段を上る。

部屋は2階だから、エレベーターは必要ない。

合鍵を差し込んで、部屋の中に入る。

中からは女の匂いがした。玄関には大量の靴。

リビングの真ん中には、ガラステーブル。

その下には化粧品が詰め込まれた箱が置かれている。

前にはソファーが陣取っていて、その対面にテレビがある。


金がもう底をついた事を話すと、働けば？ とユイは言った。

「この前あなたの本を読んだの。あんなに良いものが書けるんだから、もっと書いたら？」

「書いても意味ないねん」

「もう何かを作ったりはしないの？」

「無理やねん。賞味期限切れや」

何か書いてみようとしたが、すぐに吐き気がした。

無理だ。あれだけ死ぬ気で書いた作品で、世界を変えられなかった。仕事もなくなった。終わりだ。

普通の人は、一生に一作も小説を書かない。

つまり全ての作家は発狂しているんだ。

今更、ただの凡人にすら戻れやしなかった。

本屋の小説コーナー。そこにもう、自分の本はない。

その事を今では、何にも思わなくなった。

ユイが洗面台で髪を洗っている。

洗面台の排水口が、水を吸い込む音に重なる、シャンプーのポンプをプッシュする音。

透き通るくらい白い肌をしてるユイは、白い泡の中で擦《こす》ると、溶けてしまいそうだ。

同じのを使っているから、二人の体からは同じボディーソープの匂いがする。

化粧を落として、顔に乳液を塗りたくっている。
ドライヤーで髪を乾かし終えると、ユイはさっきの話の続きを始めた。
「もう終わったんだったら、まともに生きればよくない？」
恋の賞味期限が切れだすと、短所が目につき始める。
やり直せと簡単に言う奴は山ほど居る。
この社会は簡単にやり直せるような世界でもないのに。
「嫌や。死んだ方がマシやわ」
心の中で思った事を、そのまま口に出していた。
その時、別にもう、生きたいとすら思っていない自分に気付く。
いつしか普通の価値観や正論が、暴力のように感じられるようになった。
それでは救われない人間は、何を希望にして、生きりゃあいいんだろう。

何も書けなくなった作家。
何でこの世に居るのか、分からなくなった。
これは立派な病気だと思う。

「オレは、もう生きていたくないんかもしれへん。何でみんな、当たり前みたいに、生きられるんやろ？」

つけっぱなしのニュース番組が流れる。

天気予報は、雪だるまのマークが埋め尽くしている。

股間に、指を入れてかき回すとユイは、声を漏らした。

メレンゲをかき混ぜたような音。

汗で前髪が額に張り付く。

顔を近くに寄せると、うっすらと、そばかすが見える。

突きまくると、ユイは産声に似た声を出した。

「今まで付き合った人にも、中出ししてたの？」

ユイは、下着を着けながら言った。

黒色の下着で、パンティにはレースが付いている。

抜いたばかりのペニスは、表面が湿っている。

「ううん。外に出してた」

「じゃあ、私にもそうしてよ」

ユイは、ヴァギナから垂れる白い精液を、ティッシュで拭う。

二人が出会った日を、まともに記憶の中に残せていないくらい、僕は酔っていた。

ある日、安い航空券を見つけたから北海道に来た。

僕の収入が途絶えてから、一年が経とうとしていた。

ひたすら金が出て行くだけの一年を過ごしていく間も、新しい仕事の依頼は来なかった。

作家として死んだ後も、人としては生きていた。

僕はこの世の全てが、どうだっていいと思うようになっていた。

あとは、この世から居なくなるだけ。

それはゆったりとした自殺のようだった。

働く事や、別の道を探す事も一切しなかった。

海外から帰り、部屋でじっとしていると、退屈で仕方がなかった。

結局、何も変わらない。この国に自分の居場所はどこにもなかった。

それでも、退屈に捕まらないために、また衝動的に家を飛び出す。

ここじゃない場所だったら、どこでも良かった。


僕は、生きる事の味覚障害みたいな状態に陥った。

今日を生きても、今日の味がしない。

ずっと過去の味が、口の中に残っている。

それは、曇り空を舐《な》めたような味がした。


「関西の人?」

ユイは僕の関西弁に反応する。

「せやで」

バーカウンターに身を預けた。

僕は既に缶チューハイを、何本も飲んでいて、ビールにレモンサワー、ジントニックが胃の中で、魚が跳ねるみたいに暴れていた。

そっからの事は、酒に酔いすぎていて断片的にしか覚えていない。

記憶のフィルムの一部が、盗難に遭ったみたいに。

「札幌の夜景見た事ある?」

「ない」

「タクシー乗るから、目を閉じてて」

何軒目かのバーに行った後、ユイはそう言った。

タクシーに乗って夜景が見えるバーに行き、ユイの家に行った。

「オレの事は、そこら辺で捨ててくれ。道端で寝ても平気だ」

そういう僕に、外で寝たら凍死しちゃうよ、といって、部屋に入れてくれた。

出会った次の日には、もう合鍵をもらっていた。


その日からだ。

ユイの家に住みだしたのは。

初めてセックスをした時、ユイは、あそこに包丁を入れられているかのような苦悶《くもん》の表情を浮かべていた。

僕のペニスがデカすぎて痛いからと、ユイは、それ以来、女性器に痛みを感じなくする薬を塗って、僕とセックスをした。

沼が広がっているようだった。

即効性のない絶望や虚脱感が、遅れてやって来て、僕は沈んだ。

僕は、ユイが女性器に塗る薬を心に塗られたみたいに、無感覚だった。


ニュースが速報を流している。

昨日マンションそばの川で、入水自殺者が出たらしい。

その死体が、蛇口をひねると出てきそうで怖い。自殺は地球からの脱出ボタンを押すみたいな感じがする。


重力が重たくなっている。

以前の何倍も。


ネイルを塗るユイからは、インクの臭いがする。

それを嗅ぐと、めまいがした。

ユイは朝7時頃からメイクをする。ピアスの穴が空いた耳たぶから、向こう側が見える。

ユイは30歳を超えてから、ＯＬになった。

人はいつからでも、まともになれる。だからあなたもそうなって。

このところ、いつもそう言われている。

ユイの言い分は痛いほど分かるが、そうはなれなかった。

狂人にも、まともにもなれなかった。その真ん中に居るのが一番きつい。

何もしないで生きていると、朝が責めてくる感覚に陥る。

ユイは、週5で会社勤めをしていた。

ヘアアイロンで髪を内巻きにして、部屋を後にする。

月曜日の朝。仕事に行った。


ユイが出て行った後は、一人でもう一度、昼まで眠る。

僕は、すっかりユイの優しさに甘えていた。

布団からはミルクの匂い。

ベッドは僕の下で、嫌な汗を吸い込んでいった。

働きもせず、一日中、スマホのゲームアプリをしながら、Netflix や Hulu を見ていた。

その影すら退屈そうに、部屋の中心を黒く染めている。

何一つ書けなくなったクズ。


「もういいかい？」

脳内に反響するのは、ガキの頃の自分の声。

「まあだだよ」

枕カバーに突っ伏した顔面。そこに差し込んだ叫び。

心の声をマナーモードにして、何も聞こえなくした。


何もしなくても腹は減る。

放置してるだけで充電が減る、使い古しのケータイみたいだ。

ケータイは機種変すればいいが、人間は機種変できない。

料理器具が騒いでる音。

フライパンの上で、ウィンナーが水分を出しながら焦げていく。

やりたい事は終わり、時間だけが余った。

面接もなく、簡単な登録で始められるという理由で、Uber Eats 配達員に登録したら、1週間もかからずに、リュックサックが届いた。

iPhone を開いて、マッチングするのを待つ。

Uber Eats の黒色のリュックは、四角いダンボールのような形状をしている。

これを街中で背負いながら、走っている配達員をたまに見かける。

自分もそれに倣うように、リュックを背負い街に出た。


乱暴な天気。

雪が降っているのではなく、降り積もった雪を、空が吸い上げているように見えた。

自転車置き場は、ホコリをかぶっていた。そこからユイの自転車を出す。

自転車の車輪が回る。

サドルがケツの割れ目に食い込む。

店に入る。Uber から手配された番号を告げると、袋詰めされたラーメンの容器を受け取る。
ラーメンの匂い。
景色は後ろに、吸い込まれて行くように、流れて行く。
ブロック塀の上を、野良猫が歩いている。
iPhone に表示された地図の上を、僕を表した丸が走る。
辿り着いたのは、無愛想な客が待つアパート。
全ての人間は、心を運んでる Uber Eats。

1軒目の配達が終わると、550円の報酬を獲得した事が、アプリ内で知らされる。
そのまま2軒目の配達に入る。
息切れし、心臓がバクバク高鳴る。
汗が噴き出す。運動不足で太った体。
地球から、酸素が無くなったみたいだ。
またラーメン屋だ。スキンヘッドの男が、爪楊枝《つまようじ》で歯の隙間をほじっている。
札幌には、ラーメン屋がいくつもある。配達するラーメンを受け取る。

公園を横切る。

凧上《たこあ》げをする子ども達。

浮かんでる凧は、糸が切れて、どこまでも自由に、飛んで行きたがっているように見えた。

その時、荒々しい運転のトラックが、目の前を通り過ぎて行った。そこに残された排気ガス。

アスファルトの上にタイヤ痕がつく。

回る車輪。

凍りついた路面に、タイヤがスリップしてこけた。

密度の濃い血液が、こめかみを降下する。

外はこんなにも寒いのに、顔の周りだけ熱い。

流れた血液は、凍りついてへばりつく。


そのまま家に帰る。

運んでいたラーメンが、リュックの中で爆発してこぼれた。そのラーメンを、捨てて帰る。

550円。

今日一日を生き抜く金も稼げていない。

地球から落っこちないように、何とか足に力を込める。

溶ける寸前の雪のように、透明になる寸前で、生きている。

羽の音がする。飛べない羽虫の羽を震わす音だけがする。

僕は、アプリをアンインストールして、ユイの家に帰る。

注文した客は、今も注文を待っているんだろうか？

配達員の居場所が分かるらしい。

この家に乗り込んで来ないか、不安になった。


「頭のケガ、どうしたの？」

事情を話すと、ユイは語気を荒らげた。

「そんな事も出来ないの？　じゃあ、何が出来んの？」

何で一緒に居るんだろ？　僕はその時思った。ユイが押し付けてくる物が、僕の形をしていない。

僕は折り畳み傘を折り畳むように、小さくして心にしまっていた想《おも》いを初めて、ユイに伝える。

「オレやなくても、この世界には普通の人なんか腐るほどおるやろ？　もしそっちの方がええんやったら、オレを無理矢理そういう人間に変えようとするんやなくて、そういう人を探せばよくないか？」

ユイは世界の全部が停電したみたいなマバタキをした後、こう言った。

「出て行って」

そう言うと、Uber Eats のリュックサックを、僕に投げつけた。

「分かった」

僕は、よれよれになった服や下着を、Uber Eats のリュックに詰め込んだ。

そのまま荷物をまとめて、出て行く。

ビールの泡のように消えて無くなりそうだ。

僕は、真夜中の札幌の街を、Uber Eats のリュックサックを背負ってさまよった。

運んでいるのは、食べ物ではなく絶望。配達を待つ人ももう居ない。

貯金は底をつき、女にも見捨てられた。

僕は終わった。

きっとそこら辺で、野垂れ死ぬ。

iPhone の画面に滑らせる指で、吹っ飛ばしたくなるような現実。

札幌の夜の繁華街に入って行く。

どこもやってなくて、街は真っ暗だ。

いびつにゆがんだ形の三日月が、ぐにゃりと折れ曲がり空に浮かぶ。

夜の色彩が、Uber Eats のリュックの黒色に混ざり込んで、僕は、夜を丸ごと背負って歩き続けた。

vol.4 『赤い月の夜の終わりに』

血尿が出たのは、ライブハウスのトイレ内だった。

僕はその血尿を見て、世界中にある黄色い物が、全て赤色に変わったんだと、錯覚した。

だから今は夜空に、赤色の月が浮かんでいる。


トイレの便器の中に流し込んだ絶望は、下水管を通って海へと流れていく。

僕は人間になる前の事を、覚えてはいないけど、きっと人間になる前は、この血尿の海の中に居た。


ロックバンドのライブ。

耳がちぎれそうなくらいの爆音。

タバコとアルコールが混ざった匂いが染み付いた、有害な空気。

ライブハウスの客達は、混ざり合い、大きな生き物のようにうねっている。


大阪に帰って来られた。そして、すぐに、「一作目の小説の文庫化が決まった」との連絡が来た。

過去の自分に、命を救われた。

「過去のオレに食わしてもらってるなんて、ダサいよな?」

僕がそうつぶやくと、

「そんだけ最高の作品を残したって事やん」と、アイカは言った。

作品に救われたのだった。


印税を前借りした。

心臓に麻酔注射を打つみたいな感覚だった。

現代の作家で、印税前借りをやる奴なんて居ないらしい。

僕は、とことんクズになっていた。

延命してくれたのは過去作だ。

読者と出版社に、生かしてもらえた。

切り詰めれば、一年間は、生きられる金。


作品に生かされた人間なのに、作品も作らずに、のらりくらりと生きるのは、もう嫌だった。

もう一回だけ。この一年だけ。やってみようと思った。

一年以内に、以前の自分が居た地点を、上回る結果を叩き出す。

それが叶《かな》わなければ、潔く足を洗う。

そう誓った。

この金が尽きるまでの一年間だけは、作品を量産する。

潔く辞めるにも、再起不能になるくらいの敗北でなければならない。

何年かぶりに握ったペン。開いたノート。

もう一度、創作に狂う。

世界の中には、作らないと生きられない人間が居るそうだ。

もしかすると、やはり自分も、そうなのかも知れない。

僕は、一年間で自分を、再起不能にしたかった。


「もし良かったら、漫画原作やってみませんか?」

昔、一度だけ取材を受けた事がある、青年漫画誌の編集者からの話に、僕はすぐさま飛びついた。

プロットと、簡単な登場人物表を送るように言われ、考えては送りを繰り返す。

編集者から「読んで参考にして下さい」と言われた漫画や、アニメは全部見た。

これを逃したら、もう後がない。

求められている事を、徹底的に遂行する。

修正を繰り返し、ようやくOKを貰い、作画の漫画家も決定した。

しかも、僕が昔から大好きだった漫画家さんに決まった。心の中で舞い上がる。

単行本1巻分のストーリーと、ネームが完成する。

編集者からも「面白い」と言ってもらえた。

あとは、連載会議に回すだけになった。

突破口は開いた。こっから逆転してやる。


どん底の状態から再起しようと、挑んだ漫画原作は、何だかよく分からない理由で、ボツになった。

編集者からの着信の声は暗かった。

そのトーンでよくない報告だという事は分かった。

「連載会議でボツになりました」

足が震えた。終わった。

またダメだった。
目の前が真っ暗になる。
漫画原作を書き溜めたノートを捨てた。
ノートは捨てても、能力は残留し続ける。
その残留を繰り返せば、いつかは世界を変えられるんだろうか。
残留しまくった能力だけが、僕に蓄積していった。
これまでも、全力が太刀打ち出来ない事は、何度もあった。
でも今回はキツかった。
針を飲み込んだように胃が痛む。
そんな日に限って、空は最高に晴れていた。

ずっとやめていた酒を、ライブハウスで飲みまくった。隠し持って来たストロングゼロ。
酒を飲み干すと、海水の味がした。終わらせてくれと思う瞬間。飲んだ酒がそのまま
体内で、空腹にぶつかる音がする。

血尿は、終わった時の色をしていた。

終わったんだな。

赤い月が浮かぶその下を、うつむいて歩く。

摑み損なった夢が、また一つ増えた。


一年間と決めたリミットの内の、３ヶ月が経っていた。残り９ヶ月。


僕は一日も休まなかった。

漫画原作をやるにあたって、誰にも文句を言わせないくらい、言葉の表現力と殺傷能力を底上げしたかったから、現代詩を書くようになっていた。

それは、言葉の筋トレをしている感覚だった。

詩は、世の中に発表する気なんか無かったが、ある日、アイカが家に遊びに来た時に、引き出しの中に隠していた詩を見られてしまった。

「こんな才能、何で隠してたん？」

アイカは、目を輝かせて続けた。

「もっと書いてみせて」

アイカの言葉を鵜呑《うの》みにして、試しに詩の雑誌に投稿してみたら、人生で二つ目に書いた詩『マグニチュードの担当医』が掲載された。

それを皮切りに、次々と詩が掲載されるようになった。

詩は僕にとって、最速で評価されたジャンルになった。

漫画原作が終わった後、僕には現代詩だけが残った。毎日ノートを開いては、詩を書き殴る。

最高時速の中で、神様の手を触ってる感じがした。


現代詩を半年間で、１００篇《ぺん》書いた。

ダイヤモンドのように硬い言葉。

自主制作で、全20編の詩集を出した。

タイトルは、『ロブスター・ガールフレンド』。

刷った３００部は、一瞬で完売した。

同時に、過去作を一緒に文学フリマなどで手売りして、その売り上げを出版社に振り込んだ。

今までやって来なかった事を、全部やり切りたかった。

一冊でも多く、自力で本を売れば、また新作を書かせて貰えると信じていた。

詩も雑誌に載りまくり、文学的センスも証明した。

もう一度チャンスをくれると思ったけれど、どこからもそれは来なかった。

無冠だから仕事が無いんだ。そう結論づけた僕は、賞レースを見つけては、そこに当てに行く作品を即座に書いて送り続けた。

一日も欠かさずに賞レースに参加する。

多い日には、10個の賞レースに参加した。

わずか2ヶ月足らずで、エッセイと、ショートショートと、川柳の賞を獲《と》った。

これで結果も出した。才能も証明した。出来る努力は全てした。

これで書くという表現の、ほぼ全部のジャンルを網羅したはずだ。

それでも、どこからも執筆依頼は来なかった。

もう、終わったんだなと思った。


リミットまで、残り半年になった。

これだけやっても、何一つ動かない事に、絶望していた。辞めてしまいたかった。

そんなある日、NHKのディレクターから、会いたいという連絡が来た。

難波の髙島屋の前で待ち合わせをした。

「もっと怖い人かと思ってました」

やって来たハシヅメさんに、本の印象でそう言われた。本の中の自分は、10年以上も前。10年もあれば、人間は変わる。

適当な喫茶店に入る。

タバコの煙が喫茶店の上を漂う。

「本のイメージと全然違いますね」

僕は、中身どころか見た目も、すっかり変わってしまった。

自堕落な暮らしを繰り返して、たった3年間で、30キロも太った。

白髪は増え、体型は崩れ、お腹《なか》も出ていた。

「密着番組を作りたいんですが、今のままじゃ企画が通んないんですよ」

ハシヅメさんは言った。

「もう一度、笑いをやる気は無いんですか？」

その言葉が、鼻腔に突き刺さる。

僕は、その言葉を無視し続けていた。

死ぬ気でやっても売れなかった過去。

その後も、二度、三度とハシヅメさんと会った。

タダで飲めるコーヒーが目当てだった。


「昔のツチヤさんに会ってみたかったな」

帰り際、ハシヅメさんは言った。

「よくそう言われます」

ほどけた靴紐《くつひも》を結ばないまま、地べたに引きずって歩きながら言葉を返す。

「僕も昔、ツチヤさんと同じ時期にハガキ職人をやってて、絶対に勝てないと思ったんですよ。……それからは、絶対に売れて欲しいと思ってます」

そういや、僕は昔、お笑いをやってたんだった。

今の今まで、忘れてた。

そんな昔の話をされると、恥ずかしくてたまらなくなる。

僕は、負けて辞めた敗北者だ。

お笑いも、小説も。

耳を塞《ふさ》いで、そう叫んだ時。自分の声が脳内で反響するかのように、それは頭の中で鳴り止《や》まなかった。

尼崎《あまがさき》に暮らしているアイカの家に向かう。

工場や畑が残っている、田舎町。

電車の最寄駅もなく、そこにはバスでしか行けない。

アイカは、その家におばあちゃんと二人で暮らしている。

おばあちゃんはいつも僕を歓迎してくれる。

「最近全然来てくれへんから、おばあちゃんが寂しがっている」とアイカから電話で聞いていた。

「じゃあ今から行くわ」

電車に乗り、いくつかの駅を通り過ぎる。

電車とバスを乗り継いで、アイカの家に行くなんて、珍しい事だった。

アイカが僕の暮らす難波に来る事の方が多い。

元モデルで、今はファッションデザイナーをしているアイカは、布や生地を買いに来たついでに、うちに寄って帰る。

その買い物に付き添って行った事もある。

リボンや生地の店のなかは、服のバラバラ死体に見えた。

アイカに出会った日、僕は、酒に酔っていた。

一人で万博公園に、太陽の塔を見に行った日の帰りに、「ツチヤさんですよね?」と、声を掛けられた。

その子は太陽の塔のように、白い肌をしていたから、僕は、一瞬太陽の塔から千切れて生まれたのかと思った。

インターホンを押すと、アイカが出てくる。

僕と出会った頃、アイカは有名バンドのベーシストと付き合っていた。

別れを決意した時に、大阪城ホールのライブに招待されたらしい。

その彼から貰った指輪を、客席からステージに投げ返したら、警備員に追いかけられた。逃げ込んだ女子トイレから電話が掛かってきた。

「私、アンタと付き合いたいねんけど、こっからどうやって逃げたらええ?」

そのまま僕らは、付き合う事になった。

アイカは、某アイドルグループの衣装を作る締め切りに追われている。

自宅にある広いアトリエには、ミシンにリボン、マネキンや作業台まであった。服を作るための工房だ。

そこで僕は針と糸を貰い、ヘッドピースを縫うのを手伝いながら、ハシヅメさんの話をした。

「今のままやったら、企画が通らんみたいやねん。また笑いをやって欲しいみたいや」

部屋はぬいぐるみであふれていた。

手元のヘッドピースに、針がプスプスと刺さって、レース素材が布に同化していく。

「また、お笑いしたら？」

笑いをまたやるなんて、死んでも嫌だった。

「オレには笑いの才能が無かってん。……『カーズ』のメーターって知ってる？」

アイカの手元にあるミシンの音が、会話に割り込んでくる。マシンガンを乱射してるような音を立てながら、ピストン運動で、布に糸を縫い込んでいく。空間ごと振動させる乱射音は、そのまま僕たちの鼓膜を振動させた。

そして、いかにもアイドルが着てそうなフリフリのドレスが、作業台の上に形を成していく。

「メーター？」

「『カーズ』って映画にな、ボロボロの錆びついた車のキャラクターが出てくるねんけどな、オレ本来はアレやってん。才能も素質もないのに、めっちゃ無理して、やってただけやねん。でも、本来のオレは、ストイックでも何でも無い、ただのポンコツや」

アイカのアトリエの本棚には、アレキサンダー・マックイーンの本がある。

見せて貰ったマックイーンのコレクションは、他ジャンルの僕ですら痺れた。

『The Golden Shower（放尿プレイ）』というファッションショーでは、ランウェイを歩くモデルの頭上にオシッコに見立てたシャワーを降らせたり、『No.13』というファッションショーのフィナーレでは、真っ白なドレスを着たモデルが、円形のステージの上を回転し、その白いドレスに向かって、二体のロボットがスプレーペイントで色をつけていく。

それは、初めてダウンタウンを見た時のような衝撃だった。

間違いなく本物の天才。

数々の衝撃を与え続けたアレキサンダー・マックイーンは、40歳で自ら命を絶ち、伝説になった。

本物と対比すれば、自分が偽物だと分かる。

そして、僕は天才でも無く、伝説にもなれず、死に損なって生きていた。

「その事をそのままハシヅメさんに話したら？」

「イメージがあるから、それを裏切るような事は出来ひん。何故かみんなはオレを、尖《とが》っていて、ストイックってイメージで見とって、そうじゃない部分を見せたら、今までガッカリされて来てん。だから、オレは素のオレを一切出さずにイメージのオレをやるしかないねん」

「もったいないなあ。……素の方が面白いし、カッコいいのに」

「彼女やからそう思うだけやで」

「……でも、頭に浮かんでる事、全部作るまで辞めたらあかんよ」

僕は、ヘッドピースから顔を上げて、アイカの横顔を見た。

色が白くて、付けまつげが前に伸びていて、明るい栗色《くりいろ》の髪がうなじに垂れている。

「そんな事しとったら、一生終わらんやん。次から次に浮かぶんやから」

「ほな続けたらええねん」

そんな人生は、もう嫌だった。

死ぬ気で作ったって何も変わらない日々。

一発でも外したら終わる状況。結果を出しても変わらない現状。何回も味わって来たあの絶望。

それは、赤い月が浮かぶ夜だ。

僕は、もうあの夜を味わいたくない。

死にたくてたまらなくなる。

よくあんな風に生きていたと思う。

思い出しただけで、両手が震えた。

「大丈夫？」

アイカは心配そうに言った。

僕は、手元にある針に、糸が通せなくなった。

「もう手伝わんでええから、休んでて」

バスルームの隣にあるアイカの寝室は、カーペットが敷いてあって、簡素なテーブルと、ぬいぐるみたちが部屋の片隅を占拠している。

下ろしたアイカのパンティーは黒色をしていた。

クリトリスを舐めたら、雨の味がした。

さっきのミシンの布に縫い込まれていく糸のように、アイカの中に性器を挿《い》れた。

ミシンの先にあるシルバーの金属が、糸を縫い付けていくようなスピードで、突いたり離れたりを繰り返した。

だけど人と人同士は縫い込まれる事はない。

その代わりに、針と糸を縫い込んで作る服のように、互いを相手の心に縫い込んでいく。

さっき聞いたミシンの音よりも、生々しい音が鳴る。

互いの体液が混ざり合う音と、肌と肌がくっつく音。

ほつれた糸のように絡まり合って、夜が進んでいく。

「うち、アンタの事、凄《すご》いと思うねん」

「何で?」

「だって誰もアンタを放っておかんやん。終わってもすぐに次が始まってる」

その日は、夜中に目が覚めた。

真っ暗な部屋の中を、空気が静かに流れていく。

田舎町だから、コンビニが一軒しかない。
朝までやる事がない。
夜がただ過ぎるのを待つのは退屈だ。
夜は何かの中に溶かして終わらせるもの。
暗闇に目が慣れると、部屋の中がよく見える。
二人の服がベッドの横に、脱ぎ散らかされている。
そんな暗闇の中の部屋の観察にも、すぐに飽きが来る。
iPhone を開く。
Ｗｉ－Ｆｉが通っていないから、ネットには繋《つな》げない。
つまりはメモを取る機能しか使えない。
「何か書くか？」
その時に、ハシヅメさんの事が脳裏に浮かんだ。
「……やるか」
僕は、朝が来るまでの暇潰しに、落語を作る事にした。
横では、アイカが寝息を立てている。

「ネタってどうやって作ってたっけ？」

それはまるで、空間にヒビを入れるのに似ている。

頭の中は、考えようとする自分にブレーキをかける。

だから設定だけを決めて、あとは勝手に、登場人物達に会話を始めさせる。

脳みその中の空白に、花嫁を元カレに連れさられた直後の結婚式という設定が浮かぶ。

そこに登場人物が発生する。

始めるのではなく、勝手に始まる感じがした。

花嫁が居なくなり、「えっ？　これどうすんの？」って困惑している、親族の会話が始まる。


iPhone にネタを打っていく。

画面上を文字が埋め尽くす。

登場人物が話し始める。僕は、それを記述するだけの書記係になる。

作ったんじゃなくて、放って置いたら出来たような気がした。

何が起こったのか分からない。

僕の存在はこの世から、完全に消えていた。

落語が完成し、顔を上げると、朝になっていた。

カーテンの隙間から見える青空。雲は、朝を食べ散らかした残骸。

完成した新作落語のタイトルは『最悪結婚式』。

今まで作ったネタとは、質感が違う自然な感じがする。

死んだような台本じゃなく、生きたまま捕まえて、封じ込めた台本。

ハシヅメさんは、もう終わっている僕に、三度も会いに来てくれて、一緒に仕事をしたいと動いてくれた。

この落語を、コンテストに送る事で、その想いに応えたかった。

誰でも送れるような、一般人も参加出来るコンテスト。

以前の自分なら、絶対に送らなかっただろう。

何年も笑いをやっていた自分が、一般人の中からまたやるなんて御免だ。

そんなプライドさえ消え去っていた。

でも、何の仕事も無い時点で、もはや素人も同然。

もうどうなろうと、これ以上、落ちるとこなんか無い。


「オレ、寝られへんかったから、落語作ってん」

目覚めたアイカにそう言った。

「えっ？　ホンマに！　また笑いやるの？」

「いや、これが最後や」

久しぶりにネタを作ったから、脳がクラクラする。

それは、初めて人のために書いたネタで、初めて人のために作った笑いだった。

「眠くないの？」

「平気やで」


早朝、電車で難波に帰る。

誰も居ない貸し切り状態の車両。

窓からは朝日が眼球を焼きに来る。

一度自宅に帰り、落語台本をプリントアウトして、封筒に詰め込む。郵便ポストに出しに行く前に、切手を買いにコンビニに向かった。

「この封筒の切手っていくらくらいですかね？」

「そんなの自分で調べてから来て下さい」

店員は、冷たくそう言い放った。やむを得ず郵便局に行く。

これでやったという既成事実は、作れた。

再三会いに来てくれたハシヅメさんに、不義理をしなくて済んだ。

眠っていないけど気分は清々《すがすが》しい。

金が尽きるまでの残り半年を、どう生きようか。

僕は、このまま辞める事になりそうだと思った。

だからこそ、悔いだけは残さないようにしよう。

表現者で居られるのは、残り半年で、そっから先は生きたとしても、別の何かになろうと決めた。


もうこれ以上、壊れるのが怖かった。

あの日流したトイレの血尿は、今も海の中を漂っている。


残り５ヶ月、４ヶ月、３ヶ月と減っていき、迎えた11月。ラスト１ヶ月。

何も動かせぬまま、一年が過ぎようとしていた。

僕はもう諦めていた。終わる覚悟は出来た。


ファミレスにやって来たアイカに、書いた詩を渡す。

「これがオレが書く最後の詩や」

「もう書かへんの？」

「うん。書いても意味無いからな。…………一年間死ぬ気でやったけど無理やったわ」

この一年間。

あらゆるジャンルを股にかけて、世界で一番作品を量産した自負があった。

だからもう諦めてもいいと思った。

ここまでやったんだから、才能無かったで、片付けてもいい。


僕は海外に行く事を、アイカに伝えた。

淡々と話す、僕の話を聞きながら、ココアをすするアイカの顔は、とても寂しそうで胸が痛かった。

夕焼けの日差しが、窓から差し込んでいた。

ＡＴＭの残高。減っていくだけの印税。

あとどれくらい生きられるかを示すバロメーター。

海外に行く片道切符の分だけになったら、今度こそ海外で、野垂れ死んでやろうと思った。

僕は、来年からヨーロッパに行く計画を立てた。

ネットで航空券を探し始めた。

清々しい気分だった。もう悔いはなかった。

アイカは終わった人間の燃え尽きた姿を、その瞳に映している。

あと１ヶ月で終わる。辞めてやる。

そっから先は二度と戻らない。

とんでもない、クズになって死んでやる。


その時だった。

人に話すと、絶対に作り話だと言われそうなくらい、ウソみたいなタイミングで、見知らぬ番号から電話が鳴った。反射的に出ると、電話口の向こうからは、年配の女性の声がした。

ハッとした。

「ラブホ協会です」

ラブホなんかずっと行ってねえと思って、聞き返すと、「落語協会です」と聞こえ、ハッとした。

僕は、その頃には、もう落語を送った事すら忘れていた。

「落語台本を送って頂き、ありがとうございました。『最悪結婚式』の受賞が決まりました。チケットを2枚郵送致しますので是非、東京のお江戸日本橋亭《にほんばし》まで見にいらして下さい」

自分の落語が賞を受賞した。

一瞬、訳が分からなくなる。

賞を受賞したのは、人情噺《ばなし》だった。

笑いだけをしていた頃を、ぶっちぎった評価。

小説や、漫画原作に挑んだお陰で、作れるようになったストーリーライン。

残留した能力が、突き刺さった日。

この場所に繋がった。

積み重ねた過去は、無駄にはならない事を知った。

その時は報われずとも、いつの日か別の場所で、あの頃の努力はぶっ刺さる。

「何か、賞を貰ったみたいやわ。この前の落語のやつ」

ウソみたいなタイミング。

「えっ？　凄い。………電話してる時、今まで見た事も無い表情してたよ」

その時の僕は、どんな顔をしていたんだろう。

見に行きたいと言うから、自宅に送られて来たチケットの内の一枚をあげた。

同封されていたライブのチラシには、僕の名前が書いてある。

僕の中にあったのは、炭酸の抜けたサイダーのように、張りのない感情だった。

人情噺で賞を受賞した。

笑いではなく、ストーリーの筋が評価された。

「あんまり嬉《うれ》しくないいん？」

少し前に、アイカがピンク色の着物を見せてくれた事を思い出す。

「これ神戸コレクションで女優さんが着る着物やねん」

「ほんまー、その前にオレが着てもええ？」

僕は、某有名女優が神戸コレクションで着る着物を着せて貰った。

しばらくしてから、テレビを見ていたら、僕が着せて貰った着物を着て、ランウェイを歩く彼女が映っていた。

「あの時の方が嬉しかったな」と僕が言うと、アイカは笑った。


その後、ハシヅメさんの事が、脳裏に浮かんだ。

「落語が賞を取りました」

ＬＩＮＥで連絡したら、すぐに密着番組がつく事が決まった。

ちゃんと要求に応えられた事に、ホッとした。


深夜バスは、僕らの体を小刻みに揺らしながら、東京へと運んでいく。

その車内は宇宙のように真っ暗だ。

深夜バスのカーテンの隙間から、早朝の東京が見える。

眼球の上を、ざらついた景色が撫《な》で付ける。

カラスがゴミを漁る。あんな風に脳みその中を漁っていた日々。

新宿に到着して、深夜バスから降りると、体中が痛かった。

窮屈な街。人の多さに息が詰まる。

余白のない色彩が、視界を埋め尽くしていた。

車の排気ガスが、道路の上を漂っている。

その臭いが鼻をつく。

東京の空気は大阪と違って、乾いている感じがした。


日本橋の駅に出ると、高層ビルと、高級な店が並んでいた。

駅のトイレでスーツに着替えた。ネクタイの結び方が分からず、アイカに結んでもらう。

そんなオフィス街の外れで、ディレクターと合流した。初めてのテレビ。巨大なカメラが僕の姿を捉えていた。

テレビカメラの前は、緊張する。

すれ違う人達が、こっちを見る。

有名な人か何かかという期待を込めた視線は、有名でも何でも無い僕を確認すると、すぐによそに向けられる。

そんな僕を、テレビで見たい人なんか居るのかな？

凄いスピードで景色が流れ出す。

「今のお気持ちは？」

そんなインタビューに答えながら、会場入りする。

「どういう想いで、この噺を作られましたか？」

彼女の家で、夜中目が覚めて暇潰しに作った。

そう答える訳にはいかない事は、誰にでも分かる。

だから僕は、「母を想って作った」だとか、適当な嘘《うそ》をついた。

インタビューや取材で、本音を言った事なんか一度もない。

相手が欲しそうな言葉を与える作業に徹して来た。

本当に想っている事は、イメージとはかけ離れ過ぎているから、イメージの中の自分を演じた。


コンテストの決勝は、お江戸日本橋亭で開かれる。

寄席会場の中に、大量のパイプ椅子が並べられていた。

そこは、老人ばかりの空間だった。

時の流れがゆったりに感じられる。

客席は満席だった。

「落語ってこんなに人気があるのか？　世界で、オレしか聞いてないと思っていた」

そんなカメラの前では、絶対に言わない本音が脳裏に浮かんで、すぐに弾けた。

僕が座った、一番後ろの席からは、老人達の後ろ姿が見えた。後頭部が白くて、大量の雲が浮かんでいるような感じがする。

その中にいると若く感じてしまうが、31歳なんて社会的には、もう立派なおっさんだ。


僕の落語は、4番目にやる演目だった。

始まる直前に、トイレに行く。年季の入った便器。この建物の年齢は、僕より遥かに年上だろう。

僕の落語は、あまりウケなかった。

ちらほら居る若い客だけが、笑ってた。

クラシック音楽を求められているのに、ロックンロールを演奏した感じなのだろう。

受賞式が始まった。受賞者5人が壇上に呼ばれる。
光の当たる場所に出るのは数年ぶりだった。
壇上に上がると、複数の視線が向くのが分かる。
僕以外の4人の受賞者は初老ばかりだった。
結果は3位に終わる。
優しく耳元でこっそりこう耳打ちされた。
「また来年も送って来てね」
そう言って、ポチ袋を渡された。中の賞金は5万円だった。
3位か。負け癖がつき過ぎて、悔しいとも思えない。

寄席会場を出る。外の空気が吸えてホッとした。
そんな僕を大きなカメラが待ち受けている。
1位を取れず、3位だった自分が恥ずかしかった。
カメラの前に引きずり出される。
一冊でも多く、本を売るために。
僕と一緒に、仕事がしたいという人の想いを叶えるために。

事情を知らない奴らが、その光景を不思議そうに見ていた。

言いたい事も無いのに、無理矢理それらしい言葉を並べた。

放送作家として、番組会議に何度も参加した事があるから、何を求められてキャスティングされているかが、痛いほど分かる。

そこに照準を合わせた僕の姿をＲＥＣして、ＴＶのクルーは、満足そうに帰って行った。

自分を吸い取られた気分になる。

今ここにいるのは、空っぽの人間だった。


一年間という期限のギリギリで、あの頃には出られなかった地上波に出られた。

死ぬ気で足掻《あが》けば、何かは動く。

その事実を知れた事が何よりの財産だった。


「アンタの落語が一番面白かったのに！」

「いや、３位で妥当や」

僕は、そう言うとネクタイを外して、スーツのポケットに突っ込んだが、ポケットの中には収まり切らない。先端部分が外側に飛び出していた。

それはまるで、この世界にいる自分のようだった。

首元のボタンを外す。とたんに息がしやすくなった。

東京の街を二人で歩いた。

「客席、おじいちゃんおばあちゃんばっかやったやん。演歌のネタなんかズルい」

何故かアイカは憤っていた。

賞金の5万円で、千疋屋《せんびきや》のパフェを食べさせてあげると、すぐに機嫌は直った。


優勝した落語は、演歌のネタだった。

完璧に、客のニーズに応えている。

だから笑い声の破裂が何度も起きた。

笑い声が渦巻きになって、会場の上で回転していた。

「オレ、あの客層、どうやって笑かしたらええか分からへんわ」

僕は客層を見た時点で、負けたと思った。

寄席に一度も行った事がない僕は、客層があそこまで老人ばかりだという事を知らなかった。

老人がついて来れない内容が、ちらほらと交ざった台本だった。

これまでは、自分が面白いと思う事を表現するために笑いをやっていた。

初めて誰かのためにやった笑い。

まだまだ足りないところもあるけど、なんとか賞を貰えた。

自分がやりたい事を、表現し終えたらフェードアウトして来た過去は、もしかしたら、間違っていたのかも知れない。

僕は、その時、ようやく本当に始まった気がしていた。

日陰の中でした努力は、誰の目からも見えない。

勝ってる時や結果を出した時にしか、誰の視界にも入れない世界。

やっと一瞬だけ、また誰かの視界に入ることができる。


朝の情報番組で、５分間だけ地上波に出た。

続けるのか辞めるのか、悩む間も無く、次の密着番組が決まる。

辞めたいと続けたいが、どちらも同じ質量で、僕の中に共存している。

それが１００対０で、辞めるに傾くまでは、まだやるしかない。これにしがみつくしか無かった。

深夜バスに乗り、大阪に帰る。

中は、長い沈黙が包んでいた。

隣の席でアイカが眠っている。

僕はまた眠れない夜を生きていた。

でも眠れなくても大丈夫。

僕の脳みその中には、さっきまで居た寄席があり、見ようとすれば次から次へと、この世のどこにも存在しない噺が始まる。

今と同じように、手の平の iPhone の明かりだけが、世界を照らしていた、あの夜の事を思い出す。


ここはあの夜の続き。

僕は、赤い月の夜を終わらせたかった。

でも、同じ月の下で作った落語が、あの夜を終わらせてくれた。

夜の終わりは、遅れてやってくる事があるんだと、僕はその時、初めて知った。

遅れてやって来た夜の終わりを、抱きしめながら、深夜バスでようやく眠りについた。

vol.5 『Re:』

15歳。

中学の進路相談の帰り。

笑いがやりたかった僕は、NSCに行きたいと、オカンに言った。

NSCとは吉本《よしもと》の養成所で、テレビで好きだった芸人さんが、そこの出身だと話していた。

それを見て以来、そこに入りたいと思った。


笑いの世界に入りたい。

その感情は初恋に近い気持ちだった。

笑いの世界に恋をしていた。


別の好きなものを探そうとはしたが、見つけられなかった。

初恋はフラれないと、次の恋には行けない。

ビデオに録画したネタ番組を、擦り切れるまで見て、ノートに書いたネタ振り、ボケ、ツッコミ。

分解すると分かる、笑い声が発生した仕組み。

中学を卒業したら、お笑いがしたかった。

高校だけは出てくれと、オカンに泣きつかれ、本当の思いを封じ込めて高校に進学した。

「あの時、ＮＳＣに行ってたら、どうなってただろう？」

教室の片隅で、そんな空想ばかりを広げていた。

取り返しのつかないことをしたと思った。

「やってたら、どうなってたんだろう？」と、悔いるよりかは、やって失敗した方が良い。


二度とこんな思いはしたくない。

もう誰にも従わない。迷わない。

今後の人生は全て、心に従うと決めた。


つまらない授業の帰り。

制服のまま、ｂａｓｅよしもとに見に行く。

ＮＳＣ27期生の中間発表ライブ。

それを見て焦った。

僕が高校で、くだらない中学の延長をしている間にもう舞台に上がって、ネタをしている。

「俺は何をしているんだろう？」

本当はお笑いがしたいはずなのに。

その思いを殺して生きていた。


次の日、学校の授業は、全く頭に入って来なかった。

「何してんねやろ？　こんなところで」

ＴＳＵＴＡＹＡに行き、レンタル落ちのビデオテープを買い占める。

ネタを見まくって誤魔化そうとしても、無理だった。

一度やって砕け散るまでは、この夢は終わらないんだ。

ネットで調べまくって、会議室でやっているインディーズライブの存在を見つける。

それは、チケットノルマさえ払えば、誰でも出られるお笑いライブだった。

最初は客として見に行った。

開演18時のライブ。

17時には難波に着く。

勇気が無く、ライブ会場の入口に入って行けず、入口の前を何度もうろうろと行き来した。

初めての場所に入る時はいつも、足が震えて体が重たくなる。


それでも、足を前に踏み出す。

ライブ会場のドアを開ける。

手作り感のある簡易なステージの前に、座布団がいくつも敷かれていた。

その中の一つに腰を下ろすと、ライブが始まる。

何組もコンビが出て来てネタをやっては、はけていく。

客は、僕を含めて4人しかいない。

そこにはNSCを出た地下芸人達が集まっていた。

そんなライブに、15歳の子どもが見に来ている事を、MCは面白がった。

「君、若いなー、いくつや?」

「15歳です」

大喜利《おおぎり》コーナーが始まると、「何か答え浮かんだ?」と舞台上から聞いて来た。

脳が回転して、きゅるきゅると鳴る。

無意識の内に、口から答えが発せられた。

初めて出した答えがウケた日。


帰り際に、そのMCから声を掛けられる。

「さっきのボケ、面白かったで」

目を見る事も出来ずに、お礼を言う。

「またおいでや。お笑いしたいんやろ?」

「したいです」と僕は答えた。

「じゃあ、来週から試しに大喜利コーナー出てみ」


翌週。

初めて出た大喜利コーナーは、それなりにウケた。

一人ごっつのビデオとDVDを、擦り切れるまで見ていた僕は、松本さんがよく使っていた、裏切りの笑いという手法を多用していた。

裏切りの笑いは、ハマればホームランだが、外したら、意味不明な事を言ってるくらいスベった。

そのスベったボケは、帰り道のあいだ、ずっと頭から離れなくなる。

「どうしたらウケたやろう?」


ライブ終わり、「来週から、ユニットコントにも出ろ」と言われた。

そのライブでは、最後に何人かでユニットコントをやっていた。

僕は、ラストのユニットコントと、大喜利コーナーに、出させて頂ける事になった。

チケットノルマは、一枚500円のチケットを4枚。

2000円分を買い取る。

さばけなかったチケットは開演と同時に、ポケットの中で死ぬ。


楽屋の中。

「またダメでした」

先輩達が、プレステージの話をしている。

プレステージというのは、ｂａｓｅよしもとに入るためのオーディションライブで、このインディーズライブに居るのは、そこに落ちた人達の集まりだった。

その話を盗み聞きして、僕は、どんどん青ざめていった。

僕には無理だ。

オーディションライブのネタ時間は、２分。

ネタを作ってみたけど、15分尺のネタしか書けない事に気付いた。

しかも、審査員にハマらなければ、ネタの途中でも、すぐに落とされるらしい。

現実を知れば知るほど、自分には到底、叶えられない夢だと分かる。

99％が売れずに消える。

自分が、その99％の予備軍のように思えてしまう。

その先輩芸人は37歳で、バイトしながら劇場のオーディションを受けている。37歳か。

自分が22年後にそうなってる姿が浮かび、焦りが生まれた。

つまらない授業のあいだ、ノートにネタを書きまくる。

制服のまま、インディーズライブに向かう。


ユニットコントに出させて頂ける事になってからは、毎週台本を渡された。

僕は毎回、不良学生役で、セリフも与えられたが、台本を見ても、何一つ面白いとは思えなかった。

人の書いた面白いとは思えない台本。

体から出るアレルギー反応。

舞台に上がっても、笑い声を一つも起こせなかった。

だけど、他の芸人達は、笑いを取る。

舞台上で何度も、食われたと思った。


スべった帰り道。

凹《へこ》み過ぎて吐き気がした。

地下鉄の中で、窓に映る自分の顔。

夢を追う事は、心を傷だらけにしていく行為なのかも知れない。

自分はまだ15歳だという、甘えは持たないようにしていた。

エンディングトーク。

MCに振られても、アドリブ一つ浮かばない。

スベるとナイフで刺されたような気分になる。

ズタズタの心が痛い。吐きそうだ。怖い。


その頃、ディレクターに会ったことがあった。

人間扱いされていないような、ゴミを見る目。

どれだけ面白いかを分からせるには、売れるしかない。

だけど、それには時間が掛かる。

15年かかると言われていた。

上は詰まり、若手が入り込む場所なんか皆無だった。


15歳で知った現実。

才能も素質も無かった。

テレビを点ける。

「自分があの場に居たら、何がやれるか考えながら見ろ」

先輩の言葉を実践してみるも、全番組で、何もやれずに終わっていった。

そこは面白くないやつは、存在しちゃいけない世界だった。

「どうしたらいい？　どうしたら面白くなれる？」


僕は、インターネット大喜利を始めた。

そのサイトには5000人以上の人達が参加していた。

そこには、自分よりも面白い天才がたくさんいた。

「この人たちに勝つには、どうしたらいいんだろう？」

頭の中で悩み続けた。

やればやる程、自分のつまらなさを思い知らされた。


そして、夢を諦めた。わずか一年足らずで。

その後、よく聞かれた「なんで芸人にならなかったの？」への回答は、一度やって完膚なきまでに、敗れたからだ。

僕は15歳で、ボコボコに殴られまくった。
あの頃居た人たちは、ほぼ全員辞めていった。
当時の自分の、何倍も面白かった人たちが、今はもう居ない。
その事実に今でも、衝撃を受ける。
そして一番ポンコツだった、僕だけが今も残っている。

僕は、18歳になった。
高卒の僕には選択肢が少ない。
選べるのは死に場所くらいだ。
ずっと死に場所を探していた。
高卒になった時点で、「まともになんか生きてやんねえ」と思った。
結婚も要らない。未来も。
死ぬほどヤバい一瞬の連続が欲しい。
それはこの世界の違和感になることだった。
この世界の異物。

高卒で終わってる履歴書を持って、ＵＳＪに面接に行く。

高校出てから４ヶ月間、僕は死んでるみたいに生きていた。

楽しそうという理由だけで、エンターテイメント部を希望した。初めてのバイト面接。

時間は10分間。

「たった10分で、オレの何が分かるんやろ？」

ウォーターワールドでバイトが始まる。

むき出しのバックヤード。

音羽《おとわ》さんは、ＵＳＪのウォーターワールドの先輩の中に居た。

音羽さんは当時、『金の卵』という吉本新喜劇の座員になるためのオーディションを受けていた。

その話を、休憩中によくしてくれた。


僕が一度は諦めた笑いの世界に、再び進むきっかけは、突然訪れた。

それは目の前で音羽さんが、オーディションに受かり、プロになった瞬間を見たのがきっかけだった。

プロの芸人が、目の前で生まれた帰り道。

焦りが生まれた。
「ヤバい。オレは、こんなとこで何やってんねやろ?」
焦る。
封印していた感情。目を逸《そ》らし続けた想い。
自分はまだ笑いを、諦めきれていない事に気づいた。
その日から作業をしていても、焦燥感に駆られた。

なりたいものが分かっているのに、それになろうとしない日々は、苦痛でしかない。
だけど、なりたいものを目指すには、勇気が要る。

15歳で一度やって、すぐに心が折れた。
才能無いの一言で片付けた。
でもやりたい気持ちがくすぶるうちは、終わっていない。
ちゃんと終わらせたかった。
その想いを、掻き消せた時、人はようやく次の夢を追う事が出来る。
音羽さんは、僕に一歩踏み出す勇気をくれた。

ＵＳＪのバイトの休憩所は、外に張られた巨大テントの下にある。

休憩室で大喜利をしていた。

大喜利のお題に、バイトの先輩達がボケていく。

「お前も何かボケてみろよ」

振られて言った一言が、ウケた。

帰り際に、音羽さんは言った。

「お前、オモロいな。お前もお笑いやれよ」

その言葉を握りしめる。

帰り道、焦りで心が暴れ出す。


電車の窓。

いつもと同じ景色が、いつもとは違って見える。

流れる景色は少しずつ、ビルから平地になっていく。コンテナが見え始め、やがて港に近づいていく。

余計なものが削《そ》ぎ落とされた、剝《む》き出しの地面。

揺れる吊《つ》り革をじっと見続ける。


もう一度やるのなら、力が欲しい。

自分には何も無い事が分かっているから、肩書きや実績を、いの一番に欲しがった。

ほとんどの奴らが、何かを勘違いしてこの世界に入り、現実を知り辞めて行く。

才能無い事に気付いた人間から、この世界を去っていく。

僕もその中の一人だった。

今はもう現実を知っている。

18歳なのに、身の丈に合わない夢を見る事すら出来ない。

あの頃、現場で腐るほど見て来た地獄みたいな現実を知っていた。


僕はまた笑いがやりたかった。

「一度やって諦めた人間の、才能無い奴の戦い方って無いか?」

自分はオールラウンダーには、なれない事が分かった。それどころかポンコツ。

映画『カーズ』のメーターが頭に浮かぶ。

やるなら、それでも勝てる戦略が必要だ。

ノートに未来予想図を書いた。
そして一つだけ、勝てそうなものを見つけた。
それは、たった一つの武器をひたすら磨き上げるというものだった。
そうすれば、突破口が開けるかもしれない。
活動期間を27歳までに設定した。
その時点で残り約8年だった。
そう思う事で、自分を追い込んだ。
本来は、サボり癖のある努力が大嫌いな人間だ。
80歳まで生きられるなら、30歳くらいまで、遊んでてもいいやって、思うだろう。
だけど残り8年なら。
最初の3年でスキルを限界まで磨き、残り5年で世界を変えるしかない。
僕はそんな計画を立てた。

出来ない事を補う時間は無い。
唯一褒められた一点だけを、限界まで磨き上げる事に舵《かじ》を切った。

最初から面白い奴なんかいない。

大喜利だったら、場数は自分で作れる。

場数を踏みまくり、プロでも通用するレベルまで持っていく。

欲しいのは、誰もが認めざるをえない実績。


その時点で、やりたい気持ちが抑えきれなくなった。

バイト先に向かっていたはずが、途中の駅で降りていた。

それは僕が、真っ当な人間から降りた瞬間だった。

初めて来る町。見た事のない景色。

適当なファミレスに入る。

ドリンクバーだけを注文し、ノートを開いた。

百均で買ったボールペンのインクを、紙の上に刻み込んでいく。

小学生の頃、学校をサボって、自転車に乗り校区外に出て隣町に行く。あの日のワクワク。

あの日のような一日。

ケータイが鳴る。バイト先からだった。

着信に出ずに放置した。

ノートを黒く染め続けた。

これがどこに続いていくのか分からないけど、なりふり構わず走り出す。


夜になるまで、そのままノートとにらめっこし続けた。

自分自身を笑かすために。

真っ白なページを真っ黒に埋めていく。

世界を朝から夜に変えるみたいに。

10ページ埋め尽くすごとに、空になったグラスにドリンクを注《つ》ぎに行く。

飯を注文する余裕なんかないから、液体を腹に溜める。

15歳のあの頃のような闇雲じゃない。

今度はちゃんと、勝てる戦略がある。


家に帰ると、オカンが怒っていた。

「バイト先から電話あったわ。あんた行かんかったんやって？」

サボると親に連絡が行くなんて、小学校を思い出した。

バイトを辞めた事を言うと、不安そうな表情を浮かべた。

「これからどうすんの？」

やっとやりたい事をやる勇気を持てた。

封印していた自分を、引きずり出せた。

ネタ帳やノートを黒く染めた分だけ面白くなれる気がした。

もう自分の心から、目を背けて生きるなんて嫌だった。


今からでも、15歳の夢を叶えに行く。

僕はニートになり、19歳を迎える。

社会的には、ヤバい奴になった。


15歳の頃に、一度だけオーディションを受けた事がある。

「15歳でプロ目指してんの？　やめとけやめとけ。無理やで？　売れるやつなんかおらんから」

ディレクターは、それだけ言うと、僕に帰るように言った。

「僕の何を知っているというんだろう？」そう思った。

笑いの世界には、ドラゴンボールでいうスカウターのような、「これぐらい面白いですよ」っていう、計測機がない。

その代わりに賞レースがあった。

賞レースに価値があるのは、審査してる人たちが凄いからだ。

賞を取った後に、センスを否定する奴が現れた時、

「あなたはこの審査員の方々のセンスを否定されるってことですか?」

と返せば、その一発でマウントを取れる。

僕は最初に実績を欲した。

だから、ケータイ大喜利のレジェンドを取る。そう決めた。

取った後は、その腕を活《い》かして、名前を売りまくる。

バイトしながらではダメだった。

ダメだった時、バイトのせいに出来るからだ。

絶対に言い訳出来ない状況に自分を追い込む。


成人式には行かなかった。

ひたすら真っ暗な方へと進んだ。
表現とは、人間じゃない何かになろうとする行為だ。
だから始めたての頃は、苦しくてたまらない。

自分のダメなところを見つめて、ひたすらそれを消し去っていく作業。
面白くなるために、自分をそぎ落とし続けた。

番組で読まれたネタを全部ノートに書き写す。
パターンを分析して、その技を使う。
やればやった分、読まれる回数が増えていく。

一回目は、敗北だったが、二度目で採用され、初段に昇格した。
その後もネタを書きまくった。
月に一度は採用されるようになった。
読まれるたびに、夢の世界に近づいていく気がした。
読まれなかった時は、心がズタズタになって朝が来る。

心臓が出血多量で、張り裂けそうだ。
僕は何度も負け続けた。
そのたびに、心臓が痛くなった。
だけど、落ち込んでる時間もない。
明日の朝には、またいつも通り、ボケを考える日常が始まる。

僕は自分が何者かを知りたかった。
自分の脳内で話し声がするようになっていた。
気がつけば、それは心の声だった。
次第にそれは、姿を伴うようになる。
そいつは15歳の頃の自分の姿をしていた。
ある日、僕にこう言ってきた。
「面白くないなら生きてる意味なんかない」

結果が出せなかった真夜中。
自分を責め続けて朝が来る。

どんな誹謗《ひぼう》中傷を食っても、あの頃、自分自身に向けていた言葉の方が、はるかに殺傷能力があった。

「こんだけやって結果出されへんて、どんだけ才能ないねん。死んだほうがええわ」

「何が駄目だった？　何が足りない？」

自問自答を繰り返すうちに生まれる、新しいスタイル。

それを引っ提げて、次の朝を迎える。

今度こそ、必ず。

それでも負け続け、繰り返す反省の真夜中。

僕はそんな風に、負けるたびにスタイルを変え続けていった。

同じことを繰り返すのではなく、新しい自分で挑み続けた。

そして、ある時。

天井を叩く音がした。それは完成だった。

自分が来られる、ＭＡＸ値。

これで天下取れなきゃやめるしかない。
これ以上のスタイルはないのだ。
もう敗れても改善点は一つもない。
自分が最速で、最高濃度のボケを出せるスタイルはこれ。
少しずつ少しずつ、負ける回数が減っていった。

だけど安心なんかした事は無い。寝てる間に世界のどこかで誰かが面白いネタを生み出しているのかもしれない。
だから一秒もサボれない。焦りしかなかった。不安が自分を没頭させ続けた。

負けるたびに傷ついた。
何もしないでいたら、傷つく事も負ける事もない。
挑戦してるから負けるんだ。
負けなくなるって事は、勝ち続けているのではない。
新たな挑戦をしていないだけの話だ。
だから、負けなくなる方が負ける事よりも怖い。

そうやって、傷だらけにしまくった自分の心。
この世界に安心なんか存在しない。一生不安。
だから今日も徹底的にやる。

血走った目。ニートになり全部をブッコんでも負けまくって、1年半かかって、僕はやっとレジェンドになれた。

社会的には意味もなく、履歴書にも書くことができない。
白い目を向けられ続け、性格はどんどん尖っていった。

その後、21歳で吉本の劇場作家見習いになるも、すぐに辞めた。
スピード感が遅いと感じたからだ。
僕には時間が足りない。
残り6年しかない。

不安がなくなれば努力しなくなる。
安泰を手に入れたやつに、面白いやつなんて一人もいない。

もっと早く名前を売りたい。
「最速で知名度を上げるには、どうしたらいい？」

そして見つけ出すハガキ職人という手段。
あの頃ライブは、客が入って50人くらいだった。
でも、ラジオは何万人聴いてんだろ？

ネタを作れば作るほど、人格が変わっていった。
再び始めたバイト先では「怖い」と言われ、誰も話しかけてこなかった。
それはむしろ好都合だった。
バイト中にでもネタを作りたい。
一つでも多くのネタを、今日この世に残す。

ネタを作っていると不審そうな目を向けられた。
そんな時はイヤホンを耳に挿して、自分の世界に入り込む。
すぐに夜になる。
結果が出るまでは、ゴミ扱い。
途中の人には、世の中は冷たくて厳しい。

1円の予算もかけずに、名前を最速で浸透させるための戦略。
一生やっていく気の無い人間だからやれる戦い方。

深夜ラジオや雑誌に投稿し始める。
チラシの裏に書いたネタを、チョイスしては送る。

僕はラジオや雑誌でネタが読まれまくるようになった。
当たり前だ。生きてる時間のほとんど全部をベットしている。
憧れの人達が面白いと認めてくれた。
それだけで十分に幸せだった。

採用された景品が届く。
1000円分の図書カードやゲーム機だった。
それを売っては金に換える。
賞品だけで生きていた期間もあった。
眠ると脳は回復した。
2時間でも寝た方が効率的。
1日を何日にも分ける。
まるで僕はネタを量産する機械だった。

それでも、そんな暮らしも長くは続かず、金が尽きれば、ホストの体験入店に行った。
ホストをやり、酒に酔い、バックヤードの廊下でうずくまりながら、取り出したケータイにネタを打ち込んだ。

始発に乗り込む。
吊り革が揺れる。

ホストクラブ帰りの僕と入れ違いに、スーツのサラリーマンが乗って来る。

もしも大学に行けていたら、僕もああなってたんだろうか？

そうなれなかったから、外側からまくるしかない。


帰りの電車の中でネタを思いつく。

ケータイにそれを打ち込む。昔のように窓に映る自分の顔を見ている余裕もなくなっていた。

地下鉄は僕の暮らす街に向かう。

全力を常に出している。

もうこれ以上できないってレベルの仕事を毎回やってる。

だから結果が出なければ、辞めるって選択肢が普通に毎回浮上した。

食事は1日にカップラーメン一個。

体が痩せ細り肋骨が浮き出している。

それを待っている3分間ですらネタを考えた。

お笑いマニアだった頃、千原ジュニアさんのインタビューを読んだ。

若手時代、バイトを2週間に一度変えていた。

理由は、売れた時に番組で話すエピソードを一つでも多く増やすためだ。

僕もエピソードが一つ出来るたびに、バイトを変え続けた。

「お前は、意志が弱いから、バイトをすぐに変えるんだ」とよく言われた。

本当の目的に気付かない奴は、そうやって腐して終わるだけ。

僕は意志が強いから、バイトを変え続けていた。

僕は一つでも多くのエピソードを、集めるためだけに生きていた。


22歳でツイッターのトレンドに名前が入る。

世界は少しずつ変わり始めた。

バイト先。

「何書いてるん？　お前がずっと、何か書いとるからみんな不思議がっとるで？」

ほっといて欲しいと思った。説明が難しすぎる。理解してもらえる気もしない。だからほっといて欲しかった。


怖かった。

いくら読まれても今週は読まれないんじゃないかっていう恐怖しかなかった。

だからネタを書く量は増え続ける。

ストイックさは臆病さの裏返し。


24歳で東京に行く事になった。


天才と思われたかったから、天才と思われるように振る舞った。実際は天才とは程遠い。

裏で死ぬほど泥臭い努力を繰り返していた。

裏で汗をかき、表では涼しい顔をした。

死ぬほど時間をかけて、量産しても、

「いやオレこんなの、5分で考えましたよ」って感じを出した。


ずっと毎日ボケ続けていたから、ガタが来ていた。もうボケを考えたくもないくらい疲れていた。

表現者になる事は、人間の外側に行くことだと思っていた。

でもほとんどの人を見て、普通の人だなぁと思った。普通でいいのか？

むしろ普通を求められていた。

時代が変わり、ただの公務員のような人間が求められているように見えた。

自分のスタイルとは真逆だった。


27歳で辞めるって設計を、一生やるって設計に変えようとしたが、今すぐにでもサボってしまう自分が顔を出した。

ストイックだったのは残り時間があったからだ。


よって幕を下ろす。


25歳で、笑いの世界をやめた。

その選択は、その後『挫折』と言われ続けた。

「挫折じゃないよな？　ここまで来れる奴なんて一握りだぞ？」

それでも挫折と言われ続けた。

誰も知らない場所でやる努力を、15歳の自分だけは、ずっと後ろで見てくれていた。

誰からも、理解されないことにも、もう慣れた。
理解してくれるのは、後ろにいるもう一人の自分だけ。

子供の頃の夢を叶えられる人って、何人いるんだろう?
僕は叶えた。

初めから一生やれる設計なんかしていない。
最高時速を出すことだけを考えていた。
行き止まりがあれば、それはプロジェクトの終わりを意味している。
この世界を辞める。
何周も考えまくった結果、その答えばかりが出続けた。
戦略的にも、ここから先は勝てる気がしない。

業界評価を打ち落とす設計なんか、最初から出来ていなかった。

東京から大阪に帰るバス。
深夜高速で久々に窓ガラスに映る自分の顔を見た。笑いに狂うようになって、6年が経っていた。そこにはボロボロの男がいた。

一日でもサボったら終わる気がしていた。
辞めた時に初めて、心が安心した。
もう焦らなくていい。
この世界のどこかで、誰かが面白いネタを量産しても、僕には関係のない話だ。
初めてホッとできた。やっと人間に戻れたような気がした。

27歳のリミットまで残り2年あった。
でも、もうこれ以上、何も動かせない事に気付いた。
27歳までというリミットを取っ払えば、何もせずにサボりまくる自分にまた戻る気がした。

結果には満足していた。

本来、ポンコツだった自分が、ここまでの結果を叩き出せた事が嬉しかった。

勝手に天才だの言われて来たが、始まりの地点を今も覚えている。

テレビで芸人がやってる大喜利。

見よう見まねでやろうとしても、一つボケるのに、10分かかるくらい、頭の回転が遅かった。

それが今では、5秒に一つ出せるくらいの速度にまで上がった。

そんな始まりを知らないから、達成出来たことなんか、誰も褒めてはくれない。

今まで見たことないような、新しい自分に出会えた。

憧れまくった人たちの好きな部分を全て取り入れて、新しい自分を作り出せた。

それからは抜け殻みたいになった。

相当無理してたんだろう。性格も変わっていった。

何もない奴に戻る。

何かをしないとという焦りとは裏返しに、何も見つけられず、バイトで食いつなぐ日々。


たまにバイト先で、僕の過去を知っている人に会った。

「こんなとこで何してるんですか?」


じゃあ、どこで何をしたら褒めてくれる?

ガキの頃の夢をちゃんと死ぬ気で追ったんだ。

全力を出した。もうこれ以上は無理だってレベルのことをやった。

ほとんど全員が売れることを目指し、長く生き残ることを目指していた。

27歳までしかやらないなんて、決め打ってるやつなんかいなかった。

それがかえってカウンターになって目立った。

ある日、音羽さんと14年ぶりに再会した。

僕らはすんなりと、あの頃のように戻った。

「お前が出てたTV見たで。奈良で新喜劇のリーダーやってんねん」

リーダーとは、台本を考え配役も決める役割だ。

「そこの作家やってくれへん?」

「ええんですか?」

「お前やったら、新喜劇も書ける」

夜のドライブ。

音羽さんはレンタカーの中で力強く話していた。


そんな時だった。

コロナウィルスが全てを停止させた。

全部が止まった世界で、部屋のベッドの上で焦りまくっていた。

支給された給付金で食い繋ぐ。

1ヶ月間、ただ部屋にいた。

部屋の中でじっとする。
緊急事態宣言で、やるはずだったライブは延期になった。

いつまた再開するのかわからない。
タウンワークを見ると、あまりの薄さに驚いた。
6ページもない。

僕はハローワークに行くようになった。
32歳でコロナの緊急事態宣言が明けたばかりの頃だ。
久々に鏡で自分を見たら、髪が伸びっぱなしになっていて、白髪が交じっていた。

金が底をつきそうだ。
ハローワークには、コロナで色を失った人たちが殺到していた。
待合室の椅子が座れない状態になっていた。
空いているスペースに立ち尽くす。
労働者風の中年男性。

赤ちゃんを抱いた若い女性。
パンクスまでいた。
そこに溶け込んでいると、なぜかアメリカに行った時のことを思い出した。
職員に会うと「職歴もない人間に、紹介する仕事はない」と言われた。

国に生かしてもらっている。
ずっと誰かに生かしてもらってきた。
自分一人じゃ何もやれない。
誰かの力があって本だって売れた。
自分の力じゃない。

自転車で難波の街へ向かう。
バイトを転々としていた頃の夜の繁華街は、ヤバい奴で溢《あふ》れていた。
キャッチの男に、エアガンで撃たれたこともある。
そして、どんどん中国人観光客で溢れかえっていった。
あの街とコロナ後の街。同じ街とは思えない。

コロナはこの街を変えた。
今では、人がほとんど歩いていない。
いくつかの店は潰れた。
やってても自粛で閉まってる。
夜も朝も眠っている、死んだ街のようだ。

コロナウィルスで、僕も決まっていた仕事がゼロになった。
今頃は音羽さんと、奈良の新喜劇を作っていたはずだった。
それがただ部屋でじっとしていた。
大量に買ったカップめんを消費して、Netflix を見ていた。

誰もいない部屋の中で、心が折れる音がした。
この音を聞くのは何度目だろう。

北海道でニートだった時、僕は本来の自分に戻っていた。思い出した。
本来の自分はあんな人間だった。

無気力で努力が嫌いで、サボり癖があって、何もしたくない。

それが僕だった。

そんな僕を変えてくれた、夢や憧れが、僕をヤバくしてくれた。

緊急事態宣言が明けて、なんばグランド花月《かげつ》は再開した。でも奈良の新喜劇が再開されるる事はなかった。


ある雑誌を開く。

その雑誌内のネタハガキコーナー。

史上初の二冠を獲った、ハガキ職人のインタビューが掲載されていた。

それを読んでると、ある一文が目に飛び込んできた。

「『笑いのカイブツ』を読んで、ハガキ職人になりました」

その後も、僕の名前が出て来て、僕は数年ぶりに紙媒体に刻まれた、自分の名前を見た。

心が震えた。

あの本を出した目的が達成された瞬間だと、心から思えた。

それは『笑いのカイブツ』に対する、どんな誹謗中傷も無にするくらい、僕には喜ばしいことだった。

ボロカスに言う人もいたが、僕は27歳で次世代を生み出せた。ドキドキした。

誰かの初期衝動になれる。

才能もない自分でも、あれだけやれた。

才能ある次世代なら、きっともっとすごいことがやれる。

あの本は誰に向けて出した本なのか。

それは次世代に向けて書いた本だった。

そして、それを受け取った次世代が出てきてくれた。

明日死んだって、生きていた意味はあったと思えた。

出来るだけ多くの若い人たちに、バトンを繋ぐために最後に残したつもりの作品は、ちゃんと若い人たちに繋がった。

自分も、そうやって先達たちの「仕事」を見ては、お笑いへの焦がれるような思いを燃やし続けてきた。

先輩の背中に雪《そそ》いだ、純度の高い眼差《まなざ》しが、やがて次の世代に受け継がれていく。

そうやって、お笑いという巨大な生命体は、時間を縦軸に食い続けながら、生き続けているに違いない。

その結節のような場所に、自分が少しでも関わることができている。

そう思えたことが、何より嬉しかった。


どっかの誰かは見てくれていた。

すぐに結果には繋がらなくたって、人の初期衝動になれる事がある。

次世代は、僕がいた意味をくれた。

あの本を書くときに、決めていた本当の夢を、叶えてくれた。

売れもしなかった、決して成功者とは言えない自分に、憧れてくれた。

「何も残せずに消えていった」

そんなことをもう思わないで済む。

こんな風にして、何十年も前から、繋がってきたジャンル。

自分がどれだけヤバいのかは、上の世代ではなく、次世代が教えてくれる。

でも、今の僕は何してる？
落ちぶれた自分の姿が、コンビニの窓ガラスに映る。
この子が、現在の僕を見たら、ガッカリするやろなあ。
女と酒に溺れて、ネタも作らなくなっていた。
それなのに、誰かの人生を変えてしまった。

過去の自分に、思いっきりぶん殴られた気持ちだった。
その時だ。
僕が次にやる事は、明確になった。
次世代にどれだけ道を作れるか？
まだ、自分にやれることはないか。
それをするために生きる。
またゼロからやり直そう。
そう思った矢先に、コロナの第２波で世界が凍結した。

そんな最中《さなか》、部屋を掃除していたら、ケータイ大喜利のレジェンドを取った時の賞状が出て来た。

ネタを書きまくったノートはほとんど捨てた。

でも、ケータイ大喜利のレジェンドを取った時の賞状だけは、捨てられなかった。

憧れの人達に、初めて認められた日。

夢の世界のスタート地点に立てた日。

僕はその時の気持ちを、今も鮮明に思い出せる。

だからこそ、ずっと捨てられなかった。

その賞状の上に、落とした一粒の涙。


15歳の頃の僕が、後ろから僕をずっと見ていた。

初めての小説には、そいつのことを書いた。

『笑いのカイブツ』

そいつに呼び名をつけるなら、そんな名前だった。

「他の人にも後ろから見てる、もう一人の自分って、存在するんだろうか？」

僕はこいつがいたから、ここまで来れた。

だけど、そいつは消えた。

僕がこの世界を辞めた時に。

僕は、こいつから逃げたんだ。

こいつとの鬼ごっこは、終わってしまった。


そいつは、これをもらえた日に初めて笑ったんだ。

そいつの正体は、あの頃に殺した自分だった。

あれだけ笑いの世界に入りたかったのに、ＮＳＣに入らず高校に行った。

心を殺した瞬間に生まれた、未練の亡霊。


「おかえり」

そいつが数年ぶりに、僕の後ろ側に、再び戻ってきた。

それ以来、僕はコロナ禍の中、大阪や東京で落語のライブを何発も打つようになった。

いつか来るその日に備えて、腕を磨き続けた。

コロナのせいでロックダウンした街。

　ライブハウスはギリギリで、その存在を保っていた。

「無観客で2時間の大喜利ライブを、やってくれませんか？」

　コロナの影響で、イベントが全て延期になったライブハウスからのオファーをメールで見て、震えていた。

　その文面を見ただけで、冷や汗が吹き出してくる。

　大喜利に狂っていたのは、もう8年前くらいの話だ。

　ボロボロの姿を見せることになるかもしれない。

　僕はカッコいいまま、終わっていきたかった。

　引き受ければ、過去の自分の晩節を、汚《けが》す事になる。

「無理だ、断ろう……」

　そう思った時、脳裏をよぎったのは、あの日コンビニで立ち読みした時、窓に映った景色だった。

もうこれ以上、ダサくなりたくない。
失敗を恐れて、やらずに逃げる方がダサイ。

その姿を見せに行く。
それがライブハウスのためになるのなら、当日は、きっとボロボロになるだろうが、
無観客有料配信の大喜利ライブ。

大喜利ライブは1週間前に決まり、それからは生きた心地がしなかった。
今の僕は面白いんだろうか？

もう一度始めるのは、はじめてやる時より怖かった。
「今更、何しに来たんだよ？」って、白い目を向けられ、嘲笑《あざわら》われそうに思う。

今の僕は、15歳の時とは違う。
会場は会議室から、ライブハウスに変わり、出るのは自分一人だけだった。
急遽《きゅうきょ》やることになったのに、50枚以上も前売りチケットが売れた。

その全部が重しとなり、体にのしかかる。

自然とあの頃の気持ちに戻っていた。

15歳、難波の街。恐る恐る入ったインディーズライブ。

あれから17年も経つけど、未《いま》だに自分にとって笑いの世界は憧れのまま。

スーツを着て、ステージに上がる。


無観客であるはずの客席には、なぜか一人だけ少年の姿が見えた。それは15歳の頃の自分だった。

「おかえり」

ライブが始まる。

客席にいる、そいつを笑わせる。

観客一人の大喜利ライブ。

僕はスケッチブックを取り出して、マジックペンの蓋を外す。

vol.6 『死んでもやめねえよ』

ある日来た、音羽さんからの一通のＬＩＮＥ。

「YouTube で、吉本の釣りチャンネルやるから、そのカメラマンやってくれへん?」

「ぜひやらせてください」

二つ返事で返す。

そこからは、日中はこの小説を書き、夜はディレクターさんに、カメラの撮り方を習いに行くという生活が始まった。

どんなことでもやると決めた。

新しいことを始めるのは楽しかった。

インサートの撮り方を学んだ。

第一回目の釣りチャンネルのロケ現場。

釣り堀は、京都の片田舎にあった。

車でそこまで連れて行ってもらう。

撮影が始まる。

小川の流れを目で追ったら、魚の死体が底に沈んでいるのが見える。

水の色はそれくらい澄み切っていた。

32歳で新しい経験をさせてもらっている。

それが嬉しかった。

カメラを片手に撮影する。

カメラのRECボタンを押す。

目の前の世界をメモリの中に焼き付ける。

バッテリーで熱くなるカメラ。

それが僕の手に伝わってきて、僕は右手で心臓を握っている気分になる。


その撮影現場には、吉本の偉いさんが来ていた。

撮影が一段落すると、その人が話しかけてきた。

「普段は何やってんの?」

「作家です」

「今まで何してたんや?」

僕は、今までの事を、どう説明したらいいのか分からなかった。

ハガキ職人をやり、構成作家になり、小説家になり、落語で賞を貰った。

そんな経歴を簡潔に伝える。

自分の過去を振り返ると、こんなにも脆《もろ》くて弱い人間は居ない。

自分に自信がないから、まず最初にケータイ大喜利レジェンドという実績をほしがった。

根拠のない自信で入ってくる人たちが、羨ましかった。

まず最初に実績を欲するのは、臆病さと自信のなさの表れだった。

そんな本当の自分を知られたくなくて、必死で尖ったキャラを作っていた。

一番才能なんかないと思ってるのは、自分自身なのかもしれない。

だから結果が出なくなると、すぐに辞めるという選択を選んだ。

今はもう、とっくに終わってしまった後。

あの頃のような、尖ってるキャラをやる必要も無い。

「そうか。……ほなお前、新喜劇書けよ」

僕は、我が耳を疑った。

いいのか？　とっくに終わった自分が。

そして、泣きそうになった。

「……いいんですか？」

「社員に言うとくわ」

夢にも思ってなかった。

コロナで奈良の新喜劇が無くなり、もうその話は消えたと思っていた。

なんばグランド花月の新喜劇。

テレビで放送されてるやつを、書けるかも知れないチャンスを貰えた。

その話を終え、撮影を再開させる。

カメラを片手に、芸人さん達に近づいていった。

「なに話してたん？」

釣りをする音羽さんは言った。

「……新喜劇書けって言われました」

それを聞いて音羽さんはつぶやいた。

「作戦成功や」

後で聞いた話では、僕を新喜劇の作家に入れるために、吉本の釣りチャンネルのカメラマンに、起用してくれたそうだ。

「もうカメラマンはやめてええぞ。こっからは、また作家として頑張れ」

その日の帰りに音羽さんは続けて言った。

「お前が結果出していてくれてよかったわ。だから入れて貰えたんやで？」

この10年間を評価してもらえたようで、嬉しかった。

だけど次の10年は、もっとヤバいものにすると誓った。


1週間後、本社に呼ばれる。

たくさんの社員さんたちが働いているオフィスは、圧巻の光景で威圧感がある。

プロット募集に参加できることになった。

無記名プロットの中から選ばれるシステムで、ハガキ職人の頃を思い出した。

あれと同じ仕組み。

また過去がくれる懐かしい味が、口の中に広がっていく。

またゼロから笑いがやれる。
嬉しくて仕方なかった。
もう二度とやれないと思っていた。
そんな僕に、もう一度命をくれた。

これがきっと最後の場所だろうな。
今まで全部やってきたから。
テレビやラジオの放送作家。単独ライブの構成作家。落語作家。
最後の可能性を塗りつぶす瞬間。

僕は10年前に吉本にいた。
その頃居た劇場は、今では漫才劇場になっている。
色々なことが重なってやめた。
そのことを謝った。
社員さんは、それを聞き、
「わかった。今の吉本は、お前がおった頃とは違うから、何かあったらワシに言え。ゼ口から頑張って、新しい風入れてくれよ」と言って、僕を送り出してくれた。

吉本の本社はなんばグランド花月の4階にある。

帰り際、社員さんに、

「今日の新喜劇見ていけ」と言われた。

僕は「勉強させていただきます」と言って、なんばグランド花月の裏口から、ドアを開ける。

ちょうど、オール阪神巨人師匠がネタをやっている最中だった。

そこで漫才をする師匠の背中は、いつかおじいちゃんになっても、笑いを続けられるということを教えてくれた。

それが終わると新喜劇が始まる。

それからは見学に行く日々が始まった。

10年かかって、またここに戻ってきた。

自転車で、なんばグランド花月に向かう。

関係者以外立入禁止と書かれた裏口から入り、検温して、見学者名簿に名前を書く。

そこにいる社員さん達は、事務作業をしている。

「おはようございます。見学にきたんですけど」

なんばグランド花月の建物は、見ただけで緊張感が走る。

今日の香盤表《こうばんひょう》を見る。

客席に座る。

舞台上では漫才劇場の若手芸人が前説を始める。

なんばグランド花月は、笑いをやる人間にとっては、ラスボスのダンジョンみたいな場所だ。


東京から大阪に帰るときに捨てた笑い。

8年間、ずっと止まっていた歯車が回り出す。

結果を出し続けなければならない。

絶対に売れなければならない。

一生続ける。


才能の欠片《かけら》もなかったから、端《はな》から消していた、その夢に手を伸ばす。

初めてその方向に舵を切る。


「新喜劇の作家になれるかもしれんわ」

その知らせを聞き、オカンは喜んだ。

「またお笑いやるんやね！　あんたやったら絶対いけるわ」

こんなに嬉しそうなオカンを見るのは久々だった。

笑いをまたやって欲しかったんだなぁと思った。


2日に1回は見に行った。1日だって書かない日はなかった。不安しかなかった。

少しでもサボったら、プロットが一生通らない気がした。

臆病さがいつも自分を前進させる。

ボールペンのインクが手の甲について、右手の側面が、真っ黒になっていた。
受験勉強を思い出す。
ずっと受験生のような毎日だ。

書き終えた後は、頭がぼーっとした。
世界にはモヤがかかっている。
でも、その薄いオブラートの向こう側に確かにある。

眠っても3時間で目が覚めるようになった。
寝た気がしないが、脳は冴《さ》え渡っている。
起きがけにプロットアイデアを50個出す。

ノート2冊をリュックに入れる。
自転車を走らせて、朝9時に図書館に行く。
2時間で小説や、プロット作りをやる。
11時になんばグランド花月で見学。

昼1時過ぎに、なんばグランド花月の裏口から出る。警備員さんと目が合う。
「お疲れ様です」という挨拶を交換しあった。

そのままNMB48の劇場前を横切って、ドン・キホーテが入っている建物7階へ向かう。

ワッハ上方《かみがた》へ。
そこには過去の笑いの資料やDVDが、ライブラリされている。
それを視聴コーナーで見て勉強する。
いつか台本が通った時に、より多くの笑いの公式をぶちこむために。
始めたばかりの頃の熱量で、またゼロから駆け上がる。
このどん底から。

帰り道。
腹がぐるぐると鳴る。食べ物が頭に浮かぶ。
自分が空腹であることに気づく。
朝から何も食ってない。

適当な牛丼屋に入り、10分足らずでかき込んだ。

10年前の暮らしに戻ったようだった。
一周回ってここにいる。
でも、一周回ったからやれる笑いを作る。

家に帰ると、大阪チャンネルに上がってる吉本新喜劇のアーカイブを見まくる。
プロットが一定の形に、落とし込まれている事に気付く。
座員さんにお願いし、過去の台本を借り、徹底的に読み込んだ。

「見学しにきました」
名前を記載する見学ノートを広げる。
僕ほどここに来ている奴はいない。
うざいと思われてないだろうか?
もうどう思われたって構わない。なりふり構っていられない。血走った目。
今は第3波。コロナ禍の緊急事態宣言下。

客席は、制限されガラガラだった。

そんな空席だらけの客席に、もうこの世にもいない芸人さんたちが、座ってるような気がした。


1週間続く公演を、初日から見ていくと、台本のボケの内容が修正されていくのが分かった。ネタフリがカットされたり、フレーズが変わっていたり、同じ舞台なんか二度とないのだと思い知る。

客席後方から舞台までの距離は、数十メートルだが、その距離がとてつもなく、遠く感じられた。

その真ん中に巨大で透明な壁がそびえ立っている。

あの透明な壁を壊す。

何千発も、壁を殴りまくるみたいにネタを書くしかない。


なんばグランド花月を後にする。

車のエンジン音。放たれる排気ガス。

チャリをこいで景色を後ろに吹っ飛ばす。

巨大な建物を背に、チャリをこぐ。
結果を出していない間は、真っ暗な闇の中、一人でいる。
15歳の自分だけが、その後ろをついてきてくれる。

静まり返った難波の街が、静かに息づいている、その鼓動を感じながら。

真っ暗な帰り道。
一人ぼっちの真夜中。あの頃の延長線上。

ネタ出しした後に、カーテン越しに差し込む朝日が、夜が明けたことを教えてくれた。
夢や目標が僕をストイックな人間に変えてくれた。
今度はこの夢を放さない。

最初の頃は、遠慮していたが、もうどう思われたって構わないと、見学に行く回数を更に増やしていった。
劇場スタッフさんは、そんな僕を優しく迎えてくれる。

後方の客席。

こっそりノートを広げる。

ボールペンをカチリと押すと、ペン先から、芯が顔を出す。

公演中にそのまま、書きなぐるシステムとプロット案。

そうやって少しずつ近づいていく。

いつか必ずこの場所に還元するから、今は1回でも多く、1つでも多くのことを勉強させてください。

初めは緊張した、なんばグランド花月が、今では実家のように感じるようになっていた。

毎日見てると分かる。前説にも優劣がある。

残されているものを勉強し続ける。

やってないことを1つでも多く塗りつぶしていく。

アイカが家に泊まりに来ても、ほったらかしにして見学に行き、ネタを書き続けた。

「凄いスピードで、勝手にどっかいっちゃいそうで、寂しい」

アイカはそう言った。

それでも帰り際に、こう言い残してくれた。

「あんたはギフテッドやねん」

「ギフテッドって何？」

「神様から才能贈られた人。せやからそのまま頭に浮かんでること、全部表現するまで、やめたらあかんよ？」

1年前にも同じようなことを言われていたのを思い出す。

今ではその言葉が希望の言葉に変わっていた。


「オレ、全然ダメですわ」

久々に会った音羽さんに言うと、返って来た言葉に励まされた。

「18歳の時から、お前、おもろかったで？

あの頃、負けたと思ったからな。

圧倒的な、陰の笑いやった。

それが新喜劇とどう混ざるのか楽しみや」

兄さんの期待に応えられずに、今もまだくすぶっている。胃がヒリヒリした。

まだ何も始まってすらいなかった。


好きなことが仕事になる。

それで食える寸前の場所まで来れた。

人のおかげでここまで来れた。

それでも僕は何一つ動かせずにいた。

プロットは2回連続不採用で、生きた心地がしなかった。


どうすればいい?

まだやっていないことを、試してないことを探す。


もう10年以上、いろいろなことをしてきた。

だから、今は絶望してからが本番だと知っている。

やっと立てたスタート地点。

毎日、50個以上プロットアイデアを出すと決めてから、そのノルマを達成させる日々。

谷間に、頻繁に見学に行った。


なんばグランド花月に向かう。季節は真冬。

自転車をこいできたから、ジャンパーの中は汗が滲《にじ》む。

関係者以外立入禁止の扉を開ける。

社員さん達に挨拶をする。両手をアルコール消毒して、検温して、見学者名簿に名前を記入。

そこを開けば僕の名前が大量に並んでいる。

「こいつどんだけ見学してるねん」と自分でも思う。

そうやって勉強させてもらった分、いつの日か必ず、還元する。

上の世代からもらった物を、下の世代に返していく。


次世代が僕に笑いを続ける意味をくれた。

次世代が上に向けている目は純粋だ。

かつての自分もそうだったように。

そこに映る自分をもっとヤバいものにしたい。

次世代は僕の後ろにいる、15歳の僕と同じ瞳をしてこっちを見ている。

今まで何をしてきたかじゃなく、今何してるかで勝負する。

後方の客席。お客さんの後頭部。ノートを開く。

脳内が工場に変わる。前説の若手芸人が場を盛り上げる。その中にすら勉強になる箇所を探る。

開演時間になる。真っ暗になった舞台上に、センターマイクが出てくる。出囃子が鳴る。

真夜中、目が覚める。頭が気怠い。

鏡に映る、髪とヒゲがボサボサの自分。

目に見えるような動きがないまま1ヶ月が過ぎた。ノートは埋まり、遂《つい》には6冊目に入っている。

一日に出すプロットアイデアのノルマを100個に増やした。

その100個の中から、新喜劇に落とし込めるものを、チョイスしてはプロットに落とし込んでいく作業を続ける。

「お前やったら絶対いける！　ジジイになっても、お前と一緒に、笑いを作りたいんや」

先輩がくれたその言葉を、握り締めていた。
出来上がったプロットを、座員さんに見てもらって、ダメ出しを貰った。

外側からドアをノックし続ける。
できる努力を全てやったときに、歯車が少しずつ動いていく。
まだ自分がやっていない事はなんだ?
それを塗りつぶしていく。
そうやって少しずつ、スタイルを探していった。
1つでも多く、良いプロットが出せるやり方を試す。
その間は暗闇の中を手探りで探しているみたいだった。右手が勝手に文字を紡ぎ出す。

ジェットストリームのボールペンを、百均で大量に買い込んだ。

110円のボールペン一本一本が、僕にとっては、人間の心を打つための武器に変わる。

ノートをリュックに、入れられるだけ入れた。


この世界で生きていく。

この世界に骨を埋《うず》める。

初めてそう腹をくくった。

もう今更、他の何かになれるとも思えない。


最初のうちは30個だったノルマが、50個になり、ついには100個になった時。

見えた気がした。

何をすれば良いのかが。

突然、何かと同期したようになって、そのまま、すらすらとプロットが書けるようになった。

○アーチェリーの選手である男は、行きつけの定食屋の娘に片思いをしている。
そんな男の元に、キューピッドが現れる。

キューピッドは、恋の弓矢で射抜いた者同士を恋人同士にする事が出来る。

男は、「片思いをしてる娘と両想いにして欲しい」と頼む。しかし、キューピッドは弓矢の腕がなく、弓は全然違う人にばかり刺さる。

そのせいで、男は、色んなおっさんや老人などにモテモテの状態になる。

男はアーチェリーの選手なので、弓矢の打ち方をキューピッドに教えてあげ、腕を上げたキューピッドは、次々とカップルを成立させていく。

最後に、男と定食屋の娘を両想いにしようとするが、男はそれを制し、勇気を持って自分で告白するも、フラれてしまう。「やっぱり、弓矢の力で両想いにしてくれ」と頼むが、手元が狂い、弓矢はおっさんに刺さる。

○図書館司書をしている男。
ある日、図書館にある本の中から、様々なキャラが出て来るようになる。

それ以来、出て来たキャラ達を捕まえては、本の中に戻す日々が始まる。

男の母は小説家で、ケンカ別れしたきり、一度も口も利いていない。

その母が残した私小説から、若い頃の母が出て来る。

男は、その若い頃の母と接する内に、現在の母に想いを馳《は》せ、仲直りする。

○男は潰れかけのリサイクルショップの経営者。
たまたま買い取った壺《つぼ》に、霊が取り憑《つ》いていた。

その霊は生前、コンサル業をしており、男の潰れかけのリサイクルショップを立て直すためのアドバイスをしていく。

男は、そのアドバイス通りにリサイクルショップを再建していき、見事に潰れかけの危機から脱する。

すると壺の霊は、この世に家族を残して死んだ事に、未練を残していた事が分かる。

男が、売り上げ金の一部を家族に送ると約束すると、霊は満足気に成仏していった。

限界を突き破ったからこそ、そうなれた。

それは真夜中の事だった。

僕が昔好きだったロックンロールは、すべての真夜中の初期衝動を閉じ込めたように作られていた。

稲妻が走る。見える。それを捕まえる。


そこからはいくらでも、プロットが組み立てられるようになった。

その瞬間に出会うために、毎日机にかじりついてきた。

書きなぐったノートと、紙が散乱してる部屋。

あの頃見た景色がそこにあった。

それを見ながら懐かしんでいると、後ろにいる15歳の僕が笑ってくれた。

すらすらと書きまくって、朝が来ると眠った。


これをぶつければ世界は変わるかもしれない。

そんなスタイルを築き上げていく日々は、苦しみと幸福が同居する。


これで無理でも、僕にはこのやり方しかない。

スタイルが完成したら、やっと息ができるようになった。

焦りはなくなり、不安すら消えていく。

絶対にいける。

いや無理だとしても悔いはない。

僕にはこのスタイルしかない。

後はこれを繰り返す。

天井を叩くまで、ひたすら書きまくる。


1ヶ月ぶりに、社員さんに本社に呼ばれる。

何の結果も出せていなかった自分を、恥ずかしいと思い、ややうつむき加減で、働く社員さん達が集まるデスクへ向かう。

「プロットはどうや?」

「だめでした」

「そっか、またやるやろ？」

「やらせてください」

そんな簡単な会話にすら、一筋の光を見る。

またチャレンジさせてもらえることが嬉しかった。


勝ってる時しか誰の視界にも入れない世界。

その裏にある負けた数の方が圧倒的に多い。

心臓が痛くなる。

才能ねえって、何回も思い知らされてきた。


鏡に映った自分の顔がやつれて、目の下のクマが眼球の下を真っ黒に染めている。


耳に挿したイヤホンからは、いびつなサウンド。

書きなぐったノートの中に、僕の居場所の黒色がある。

やってくる夜の暗闇が今日、世界の全員がノートを黒色にした分の黒色なんだとしたら、誰も何も書かなくなったら、世界には真っ白な夜が訪れる。

びびっているから、毎日サボらずにやる。

それは才能ではなく、臆病さの裏返し。

いつも死ぬ気でやるを通り抜けた後、誰かの心を動かせるものが生まれた。

緊急事態宣言が解除されて、客席は満席になった。８００席が埋まる。その景色は圧巻だった。

席に座り、ノートとペンを出す。

プロットの構造を書き留め、そこにはめ込める浮かんだネタを、メモっていく。

公演が終わる頃には6ページを黒く埋め尽くしたノートをリュックに戻す。

幕が下りる中、劇場の外へ。

そんな風にして、僕は33歳になった。

「今日は、満席なんで、すみません」

ある日、見学に行くと、事務所の社員さんにそう断られた。

その日の出演者を確認すると、ニューヨーク、かまいたち、南海キャンディーズ、ブラックマヨネーズ、月亭方正、ザ・ぼんち、海原やすよともこ、だった。

「それは満席になるわ」と思いながら、引き揚げる帰り道。

ふとどうしても見たいと思った。

その心には抗《あらが》えない。

僕は、こっそりと劇場に忍び込んだ。

ええんか？　こんな事して？

不安になりながらも、劇場の後ろで立ち見していた。

満席の客席。

トップ出番のニューヨークが登場する。

「すいません…………」

後ろから声がしたから、振り返ると、

僕に気づいた劇場スタッフさんが、駆け寄ってきて、

「お席はどちらか分かりますか？」と尋ねられた。

「…………すいません………………、作家です」と返した。
そういうと、劇場スタッフさんは、どこかへ消えて行った。
ステージ上ではニューヨークのネタが終わり、次の芸人の出囃子が鳴る。
しばらくして支配人が現れ、丁重に帰るように言われた。
コロナ禍のため立ち見はさせないというルールになっていることを、初めて知った。
申し訳ないことをした。
迷惑をかけてしまった。やっちまった。
またやばいことをしてしまった。

なんばグランド花月を出禁にされたらどうしよう?
勉強したい気持ちが空回りして、逆に勉強できる場を失いかねないことをしてしまった。

笑いのことになると周りが見えなくなる。
あの頃の自分が、今の自分の中にも、確かに生きていることがわかる。

勉強したい。金さえあればチケットを買う。

でも僕はもう2ヶ月も無収入だった。

コロナ禍に支給された、給付金を切り崩して生きていた。

新喜劇の作家は、プロットが通り、台本を書くまでギャラは発生しないのだ。


肩を落とし、なんばグランド花月を出る。

そして少し歩いて、なんばグランド花月の前に建つビルのエレベーターで7階、ワッハ上方に行く。

資料が並んでるスペースから物色したDVDをカウンターに渡して、試聴コーナーに移動する。

ノートとペンを取り出し、再生ボタンを押す。

画面に映る師匠方のほとんどは、もうこの世には居ないけど、残した作品を見て勉強している次世代の僕が、ここに座っている。


家に帰ってからも、YouTube で昔のネタのアーカイブを漁って、勉強し直した。

『フォークダンスDE成子坂』のコントを見る。

そのコンビの存在を知ったのは、15歳の時だった。

『自縛』というライブのビデオを見て、この人達が天下を取れなかった事が衝撃だった。


フォークダンスDE成子坂の桶田さんと、渚さん。

ガキの頃、死ぬほど憧れた二人だった。

人気絶頂の中、突然解散し、桶田さんは芸人を辞め、渚さんだけが芸人として残った。


後に、桶田さんは Podcast で、解散理由をこう語った。

「無様な姿を晒《さら》すくらいなら、カッコいいまま幕を引きたかった」

その言葉通り、カッコ良く幕を引き、伝説になった桶田さん。


かつては、僕もそうなりたかった。

それが、25歳で笑いを手放した理由。

でも僕は伝説にはなれなかったし、カッコ良く終わらせる事も出来なかった。

桶田さんが芸人を辞めた後も、
相方の渚さんは芸人を続け、35歳の若さでこの世を去った。
その最後の最後まで、泥臭く笑いに狂った。

今の僕は、そっちの生き様を選ぶ。
死ぬまで、渚さんの背中を追いかけると誓った。
人が残した想いは、死んだくらいじゃ消えない。
今日も、走り続ける。止まらず、息をしている。

あとがき

『さよなら、笑いのカイブツ。』

パンクスは同じ事を、繰り返したりはしない。
たったの一度きり。

そんで、先輩達がやった事、なぞって死んでいく人生なんか、オレはゴメンだ。

そんな話はさておき、あの続きの話としては、
3ヶ月で、なんばグランド花月の台本が書ける事になった。

あの日の電話。

普通は何年もかかるらしいから、「凄《すげ》え」って言われた。
知らねえよ。普通なんか。

数ヶ月も経てば、心境も変わる。それがリアル。

役割は何も、
出来るだけ長く、この世界に居座り続ける事じゃない。

カイブツの死に場所を探しながら、
次世代のための風穴を開けまくる。

たった3ヶ月で、NGK。

勝手なプレッシャーを感じた。
内臓は全部が痛くなり、吐きそうになりながら、
最初で最後になるかも知れない、新喜劇の台本を書いた。

本公演。舞台袖に行く。

９００人の観客の笑い声。

カイブツの死に場所は、あの瞬間の中にあったような気がしてならない。

積荷を下ろしたみたいに、体は軽くなった。

劇場を出た。
見上げた夕暮れ空。

やりたい事が、また一つ終わりを告げた。

パンクスは同じ事を、繰り返したりはしない。
たったの一度きり。

これから何しよう?

途方に暮れていた。

すると、iPhone が鳴り、
『笑いのカイブツ』の映画化が動き出すという連絡が来た。
『笑いのカイブツ』の死に場所なんか、無くたっていい。
その映画の中で、カイブツはずっと生き続ける。

装丁／bookwall　装画／野村みずほ

ツチヤタカユキ

1988年、大阪府生まれ。「着信御礼!ケータイ大喜利」でレジェンドの称号獲得をはじめ、「オールナイトニッポン」などでも「伝説のハガキ職人」として知られる。2017年、自身の赤裸々な日々を綴った「笑いのカイブツ」を刊行。同作は映画化も予定されている。

前夜

二〇二一年十一月十五日　初版第一刷発行

著者　ツチヤタカユキ
発行者　飯田昌宏
発行所　株式会社小学館
〒一〇一-八〇〇一　東京都千代田区一ッ橋二-三-一
編集　〇三-三二三〇-五七二〇　販売　〇三-五二八一-三五五五
DTP　株式会社昭和ブライト
印刷所　萩原印刷株式会社
製本所　株式会社若林製本工場

 ISBN 978-4-09-386613-2